播種者

鍾一萍文集

鍾一萍
著

目次

Contents

親情

生活

旅遊

親情

人如其名

我聽說中國人的名字含七分文學，三分命理。古代人，名是名，字是字，名由父母取，字則可以自取，所以還可以自我表達一番。現今的人，只有名而無字，一出生名字就由父母作主決定了，完全由不得己。父母為子女取名，免不了寄託他們自己的情懷，五〇年代早期的台灣，我很多小學同學名字就叫「台生」、「建國」等，由此可見。

父母替孩子取名，由於對孩子的期望高，名字都是鏗然有聲。不過，孩子長大成人後，不見得就會人如其名。「國棟」長大後不見得是國之棟梁；「俊雄」也不見得是又英俊又雄偉；「美嬌」也不一定又美又嬌。如果碰巧人如其名，那就是奇妙緣份了。

我的名字當然也是父親取的，其中還有一段故事淵源。父親是黃埔軍校畢業的職業軍人，當年參與抗日和剿共戰爭，出生入死，跑遍大江南北，最後落腳台灣。我年幼時，經常聽他在餐桌上，批評國民政府腐敗，痛失美好江山於共產黨，迫他淪落異鄉有家歸不得，偶爾還會痛心到涕泗橫流。我當時年幼不懂，直到現在屆他年齡，才深刻體驗到一個漂流海外遊子的無奈和哀戚。

當年，父親淪落台灣，附庸風雅，把暫居的房子命名為「萍廬」，抒盡他漂浮海外遊子的落寞心態。沒多久，母親懷孕生下我，父親認為我是在萍廬生下的第一個孩子，乃為我取名為「一萍」。名字是蠻文雅獨特的，也從未想到其他。我自幼也不覺自已名字有何不妥，筆劃不多，考試寫名字比別人快，多好。而且名字有個「一」字，樣樣得第一，多風光。考試放榜找名字時，中間的「一」字，特別醒目易尋，也是好處之一。

直到上大學，碰到一位談得來的長輩，他直言不諱地指出，我的名字雖文雅，唯獨「一」和「萍」加在一起，就太傷感了。我猛然覺悟，浮萍已是漂浮不定的無根物了，現在竟還是孤單的浮萍，豈不更加形影相弔，孤寂無靠了？不過，當時年輕氣傲不知天高地厚，心向四海，毫不在意。猶記，當時正流行作家三毛的文章，她寫的〈橄欖樹〉校園民歌，紅遍全台灣。少年不識愁滋味，我還覺得自己「一萍」的名字，正趕上年輕人流浪四海的時尚，非常有詩意呢！

我對父親為我取的名字，毫無抱怨，也無特別感覺。我總認為，名字不過是代表一個人的符號，那談的上什麼命理？更無需牽扯到什麼命運。據說，宋代大儒朱熹，從他的父親朱松開始，朱家一門五代取名依次以「木、火、土、金、水」做名字的偏旁，以應和五行相生之意。譬如，朱松的「松」是「木」旁，朱熹的「熹」下面四點是「火」，朱熹之子朱在的「在」字內有「土」，朱熹之孫朱鑒的「鑒」內有「金」，朱熹曾孫朱潛的「潛」字是「水」旁。朱氏一門五代，取名按五行排列，費神耗時真有效果嗎？我個人並不以為然，朱家無富無貴，朱熹之後，也不再有任何名人，有效嗎？不過，這只是我個人的偏執。

既然不相信命理，長輩朋友指出我寓意不佳的名字，一點都沒影響到我，也從未在我生命中增添任何困擾，更沒留下任何波濤漣漪。「一萍」的名字和我相依相行，和睦相處一輩子，日子過的多彩多姿。

如今，過了大半輩子，驀然回首，發現自己一生，經常獨自離家漂流在外，似乎應上了此名。家裡四兄弟姐妹中，我是唯一負笈出外讀大學的。大學四年，我是班上唯一的女生，獨進獨出，習以為常。畢業後，所學技藝領域，又是男多女少，工作上就難免獨自闖盪，東奔西跑，極少在家晨昏定省父母，猶若無根的浮萍。婚後，台灣朝九晚五的安定生活沒多久，又與夫婿二人毅然決定赴美留學。道別了親朋兄妹，舉家連根拔起，提著行囊說走就走，義無反顧，千里迢迢來到了美國。在美國舉目無親，我們是道道地地的獨自奮鬥。唸完書畢了業，定居美國，又因工作關係，夫妻倆分隔二地，各自奮鬥，我仍是那孤獨漂流的浮萍，踽踽獨行。

我一生猶若獨行俠般闖盪江湖，與父親當年無意間為我取的名字，似乎不謀而合，是人如其名？抑或是名字影響了我的一生？其實，我個性原本孤僻，父親為我們四兄妹取的名字，個個超凡脫俗，都是有根有據的，但結果並非都是人如其名，只有我的名字碰巧對應上罷了。

出國前申請護照，需有英文名字，台灣當局「一萍」的正式英文翻譯，成了「I-Ping」，美國人照字母發音，唸成了「愛拼」。我個性率直，在美國奮鬥一輩子，凡事據理力爭，得理不饒人，也確實是愛拼，這名字似乎又寫照了我在美國的一生，我成了一個從台灣獨自漂流來美國愛拼的無根浮萍。也幸虧這片浮萍未漂流到以色列，我到以色列旅遊時，發現許多以色列人名字都以「I」命名，他們會正確的把我名字唸成「易平」，我易於被碾平，那可怎麼好？

我不相信名字與人的命運有任何關聯，不過，我倒深深覺得，我的名字與我確實有一段奇妙的緣份。

鬥智

初來美國，大女兒五歲半，為她轉入此地學校上課，煞費苦心。首先，如此稚齡小兒，東西南北尚且搞不清楚，如何能找到教室或廁所？加上，她一句英文也不懂，若迷途，想請求幫忙，都無法溝通，如何是好？我特別跑一趟學校，求教班老師。和藹老師極力保證，我們只要送女兒上校車即可，其他事她自會照顧，無需多慮。既有老師保證，只有半信半疑，放手讓她單飛。

不過，上學前一晚，我還是特地為她準備了幾張卡片，教她找不到教室時，用哪張卡片問人；上校車前，抽哪張卡片給司機先生確定一下，並請通知下車地點；想上廁所，抽哪張卡片給老師看等等。女兒在台灣，只學會寫自己的中文姓名，其他中文一概不識，卡片上無法中英對照，只好畫圖示意。使用幾日後，見女兒似乎頗為得心應手，對上學興趣盎然，吊在半空中的心，才安定下來。於是，轉而專心自己的課業。

幾週過去，見女兒適應良好，頗感欣慰。一日晚餐，女兒哭喪著臉說，班上一位個子高大的女孩欺負她，硬把她從廁所裡拉出來，不讓她上廁所。我一聽，心涼了半截，校園暴力找上我女兒了？先仔細問女兒，這種事發生過幾次？那女孩還有沒有其他事欺負她？只欺負她一個，還是誰都欺負？原來，女孩其他事都還不敢做，只敢在廁所裡逞霸，而且唯獨欺負女兒一人。暗想，這事不好好處理，施暴者食髓知味，越演越烈，以後女兒吃虧的，恐怕就不會只是這上廁所的一樁小事。更令人擔憂的是，女兒若因此恐懼上學，在心靈和學業上造成難以彌補的缺陷，則悔之晚矣！

再思，這女孩鬼精靈，只敢欺負女兒，恐怕就是知道女兒英文不行，無法向老師告狀吧？愈想愈不是味，第一步，先教女兒如何自保。然而，知女莫若母，女兒個性隨和，內向靦腆，哪敢照單全收？看來，非老媽親自出馬不可。找老師懇談？女孩會在廁所裡逞兇，就是找到了老師監看不到的盲點，請老師特別照顧，恐怕仍有漏失。解鈴還須繫鈴人，斧底抽薪，才是上策。母性天生，二話不說，即刻備戰，告訴女兒盡力配合老媽，跟壞女孩宣戰鬥智！

對付五歲小娃，最有效方法，當然是從食物著手。女兒曾提及，家長若提供班上小朋友營養點心，提供者有權分發點心，而且全班得向提供者大聲說謝謝。自己曾經是小學生，知道幫老師分發作業或點心，是小孩心目中無上的榮耀，個個欽羨不已。先前，考慮自己課業繁重，惟恐顧此失彼，對女兒所言，未置可否，無意參與。如今，情況改變，提供點心讓女兒在班上趾高氣昂，正是與女孩鬥智的絕妙高招，良機莫失。於是，自願簽上供應小朋友一週點心。

再思，如果只是遵行老師指示，準備一些小紅蘿蔔或西芹小條等的簡易美式蔬菜點心，恐怕效果不彰。小朋友不喜愛我準備的點心，對我出招不理，我亂打空拳，有何用處？一定得讓她接招，乖乖低頭，求女兒分發點心給她，才得見效。再者，若到店裡買其他可口點心，一方面，窮留學生負擔不起；再方面，女孩家境若不錯，市面點心於她不稀奇，徒勞無功。幾番琢磨，決定親手做當地市面上買不到的點心，於是簽定離自己期末考較遠的時段，供應自製點心。

第一天，烤一盤小巧可愛、香噴噴的花生酥。女兒回來報告，分發點心時，詢問該女孩要不要，女孩想了想，倔強的搖搖頭「不要」。不過，看到其他小朋友吃的津津有味，似乎頗為後悔。好哇！有搖頭就有點頭，就怕她不理不睬，漠不關心。第二天，費盡心思，做蘿蔔絲酥餅。中西部小鎮買不到白蘿蔔，內餡改成紅蘿蔔絲，在美國更成為名正言順的「營養點心」。這回，全班瘋狂，老師讚不絕口，連隔壁班老師都聞香過來品嚐，女孩終於受不了誘惑，靦腆點頭，要求點心。第三天，香酥可口的咖哩餃，咖哩香味連塑膠盒子都掩不住，女孩迫不及待要求點心，誠心誠意道了謝。第四天，香脆水餃鍋貼，全班吃得笑呵呵，女兒成了班上最受歡迎的人物，帶回來老師特別寫的一封感謝便條。我每晚做點心，熬到半夜，心疲力竭，倒頭睡了整整一個週日。

老師見家長如此熱心投入班上活動，隔數週又問女兒，能否請老媽到學校來介紹中國文化？初到美國，英文瘸腳，哪能上臺演講？然而，女兒事怎能拒絕？況且又是一個絕妙機會，再次與女孩過招。在女兒班上，權充半日老師，女孩以後還敢惹「半日老師」的女兒嗎？躊躇再三，咬牙答應。心知五歲小娃娃們，不會耐心靜坐聽我囉嗦中國文化，只能撿有趣的中秋節來講。找好資料，譯成英文，又請美國朋友修飾文辭和文法，然後硬生生背下來。再想，中秋節，免不了要提月餅，口述無法盡傳，不如親口品嚐。而且，我的中國口音英文若讓小朋友入睡，月餅倒是提神小聽眾的妙招。中西部小鎮，哪兒買月餅？當然只有自製，好壞不論，像樣即成。用油酥皮包紅豆沙，差強人意，女兒讚不絕口，暗忖，女兒若喜歡，大概能騙美國娃娃了。演講結果，備受歡迎，當然，主要是託月餅之福。當日，面對對手，加倍關注，眼角不時注意她表情。果然，女孩作賊心虛，一直不敢與我目光接觸，我故意走到她面前，慈祥問候，又領著女兒親送月餅，這番交手，相信她已被我徹底打敗了。

學期結束問女兒，女孩是否還欺負她？女兒笑咪咪說，大家都喜歡自己，別的小朋友會替她告狀，女孩哪敢逞兇？聽後如釋重負。孔明七擒七縱孟獲，才得南蠻心，本人不過五招，即獲全勝，不禁躊躇意滿。

接著，考完自己期末考，全身虛脫，睡了一個長長的午覺。午覺醒來，腦清氣爽，驀然驚覺，我是怎麼啦？一個大人，竟跟五歲小女孩鬥智？五歲娃兒，哪有那麼多心思？我只要與女孩面對面，好好談一談，說不定事情就解決了，何需繞這麼一大圈，鬥什麼智？這場智鬥，誰贏了？我哪有贏？一個天真無邪的五歲小娃兒，讓一個自以為聰明的大人耗盡時間和精力，平白為自己做了畢生未嘗吃過的精緻可口點心，她那有輸？輸的是我啊！「甘願吃明虧是仁者，受騙吃暗虧是愚蠢」，我這蠢大人受五歲小娃騙啦！不對，我是被自己假想的五歲狡黠女娃騙了！也不對，自我安慰，我是那甘願吃明虧的仁者！

女兒走出迷惑

小女兒把博士論文上繳後，讓我分享她的論文。在序言中，她提到自己曾迷惑於東西文化的衝擊，無所適從，感謝學校幾位中文老師對她的諄諄教誨。讀文至此，不禁掩書長嘆。

女兒三歲來美，當年離開台灣時即積極準備，買了一大堆中文兒歌和故事錄音帶，教唱教讀，母女歡樂。稍長，送她上中文學校，自己也在場邊擊鼓加油，為中文學校賣心賣力。曾幾何時，原本快樂的中文學習，竟漸漸變成母女反目的著火點。天長地久，她變得滿嘴洋文，一口標準加州口音英文，無懈可擊，電話中談話，沒人知道她是東方人。說中文卻是洋腔洋調，四聲不分。看英文書一目十行，中文卻是大字不識。我心中隱痛，也莫可奈何！

女兒口裡不說，做母親的怎會不知？她正在承受美國第二代移民的迷惑與苦悶啊！她年輕反叛，無法理解苦悶由何起，只知盡力在表面上美國化，聽美國音樂，看美國電影，舉止美國式，絕口不說中文，不接觸中國文化，全心全意融入美國社會。高中，學校規定必修第二國語文，在繁重的課業中，她寧可選西班牙文，也不願選早有基礎的中文。西班牙文學得呱呱叫，隔年，有學妹西班牙文趕不上，家長懇求老師為其子女家教，老師為避嫌，推薦她當家教。想到那「中國人教白種人學西班牙文」的諷刺畫面，暗暗惋惜，若是教中文多好！大學時住校，一日回家，原本烏黑雪亮瀑布般的長髮，竟染成焦黃捲曲的棕髮，我忍不住嘆叫可惜，她嗤之以鼻。我咬舌閉嘴，把原本想告訴她，西方人最羨慕東方女性黑絲絨般長髮的話，活生生吞進肚子裡。那段日子，獨獨不讓她拒絕的中國事物，只有美味的中國菜。女兒酷愛美食，曾告訴我，她的夢幻職業是美食評鑑家，可惜評寫美食的英文文筆還不夠成熟，有待磨練。

我絕望之餘，半哄半騙拖著女兒去大陸旅遊，女兒心不甘情不願，噘著嘴跟著走，臨行前還放下狠話，只此一次，下不為例。追根究底，就是痛恨中文，對中國文化毫無興趣。我處心積慮，選擇北京、上海、蘇州、杭州等繁華都市，冀望長城和紫禁城的雄偉能喚醒她中國人的自尊，更希望上海和蘇杭的美食能引誘她接受中國文化。

丈夫和幾位中國好友們，勸我兒孫自有兒孫福，不用癡心妄想了。我假借與朋友辯論，把一直想與女兒細談的話題，在電郵上對著朋友大談特談，附本送給女兒，其實朋友哪需要我的訓詞？電郵中，我說中國人在美國，當然應該融入美國社會、學美國語文、接受美國文化，可是融入美國社會並不保證美國社會就接受我們。我們無法強迫別人接受你，也無法強迫美國人不視你為外國人。中國人的膚色和頭髮，無論在行為上如何美國化，也改變不了別人視我們為中國人。與其試圖改變別人，不如努力改進自己，讓別人接受我們是崇高可敬的中國人，讓他們羨慕我們是華裔，因為我們不僅懂美國文化，還懂他們不懂的中國文化；我們不僅能讀英文，還能讀他們不能讀的中國文字。英文是世界語言，中文是世界最多人使用的語言。明顯的，中文和英文將會是未來世界上兩種強勢語言，我們在美國的中國人，得天獨厚，豈有不趁勢攫取機會，走在世界的前端？

我不知這番言語對女兒有何影響，只知旅遊時，女兒並無當初的反感。爬長城時，女兒眼神震撼，主動問我長城的歷史；訪紫禁城，女兒嘴中嘖嘖稱奇；遊頤和園，津津有味地聽我講述光緒慈禧的故事；蘇杭的美食，更是讚不絕口。途中最後一天，一位美國團員，要求吃漢堡，女兒轉過頭來與我眨眼撇嘴。

數月後，女兒進入史丹佛大學工程研究所，竟主動選修中文。然後，開始用中文與我討論許多嚴肅的問題：為何女性在工程界是少數族類？美國華裔女性所承受中西文化不同的衝擊，大陸與台灣的政治何去何從？簡體字與繁體字的優劣點，中文學校教學的改進等等。女兒中文字彙有限，但思考深入，談論題目，用辭簡潔，直接坦白，母女間的距離驟然拉近了許多。

其間，我在學術研討會議上，遇到一位年輕華裔女性，見餐桌上無人與之搭訕，即善意找話題，問她是否中國人？她竟冷冷答道：「我父母是中國人。」我聽後心想：「我又沒問妳父母是哪國人？」晚上回旅館，女兒剛好打電話來聊天，隨即問她如果有人問她是否中國人，她會怎麼回答？是否會覺受辱？女兒毫不猶豫地說：「當然是中國人。」心中感動，女兒終於自我定位了！

隔兩年，女兒的指導教授帶著實驗室全體研究生，浩浩蕩蕩飛往臺北圓山飯店參加學術研討會，女兒在臺北充當翻譯兼導遊，好不驕傲。研討會後，還自己前往故宮博物院參觀古物，她電郵告訴我，因為遊過紫禁城，那些古物看起來格外親切有趣。女兒指導教授眼見女兒在臺北中文一把溜，即建議女兒申請「北京清華大學暑期學生交換研究」獎學金，一方面可與清華大學工學院交換研究心得，另一方面也可以磨練中文。女兒興致勃勃申請，輕而易舉獲得。

女兒抵達北京後，給我的第一封電郵，稱讚當地的中國菜好吃、多樣、又便宜；到處遊覽後的感覺是，自己不需刻意融入，因為她有一付中國臉！我遠在美國家中，激動得淚流滿面。女兒終於從東西文化的迷惑中走出來了！

她會認得我嗎？

英國流行歌手克萊普敦（Eric Clapton）在他四歲兒子不幸墜樓死亡後，哀傷地寫了一首感人的曲子〈淚灑天堂〉（Tears in Heaven），歌曲一開首就是：「如果我在天堂看到你，你會知道我的名字嗎（Would you know my name if I saw you in heaven？）」數十年後，天堂路上，人老面衰，猶如唐詩：「少小離家老大回，鄉音無改鬢毛衰（催）。兒童相見不相識，笑問客從何處來？」四歲的娃兒，還會記得爸爸的名字嗎？每次聽到這首歌，我就想：當年和母親死別時，我還是個年輕少婦，如今已人老面衰，華髮上頭，在陰間碰到母親時，母親還會認得我這個女兒嗎？

母親不過壯年即得癌症病世。母親過世後，妹妹與我常回憶互訴母親生前的事跡。一次，妹妹告訴我，我出嫁前一晚，二哥半夜如廁，看到母親獨自嗚嗚哭泣，驚問下，才知母親為了我將結婚離家依依不捨，淚流不止。我一聽，淚流滿面，母親從未跟我提及，她捨不得我離開。結婚前一日，興奮自己多年長戀的男友，將成眷屬，相互廝守終身，哪曾體會到父母與我別離的哀愁？

自幼到大，我從未覺得母親特別疼愛我，以前常聽母親開玩笑說，生了兩個活蹦亂跳的兒子後，喜獲我這個女兒，寶貝的不得了。親戚鄰居的三姑六婆們，則大不以為然，覺得我沒兩個哥哥長得眉清目秀，身子又瘦又愛哭，還動不動就生病，三天兩頭往醫院跑，在背後閒言閒語，嫌我有什麼好寶貝的？母親的話，我半信半疑，我只知道，兩年半後，母親意外懷孕又生了妹妹，原本集在我身上的三千寵愛，物換星移，全部轉移到肥嘟嘟、見人就笑的可愛妹妹身上。從此，我就像從人間蒸發，默默自生。二哥曾說，兒時的記憶裡，似乎沒有我這號人物的存在。偏見矇住眼睛，我一直以為我們四兄弟姐妹中，自己夾在中間，哪會得到母親的關愛？

妹妹一番話，讓我重新追憶往事，回頭翻閱舊照片，發現母親的話，沒錯。我滿周歲時，照了一堆照片，當年物質缺乏，照相是奢侈開銷。照片中，我像公主般被母親呵護著。年歲漸長，許多照片我都穿著漂亮衣裙、白襪黑皮鞋，手捧糖果包，站在一位穿旗袍的年輕阿姨身邊。當年，那位年輕阿姨分租我家一間小房間，窈窕淑女，君子好逑，早期保守社會的男女出外約會，都得有電燈泡陪著，懵懂無知的女娃兒，最是適當人選。家中雖是食指浩繁，母親卻從不吝惜把我打扮的漂漂亮亮。顯然，妹妹那時已在繈褓中，我哪有受到冷落？

升上高中，學校開始有烹飪課，母親瞧我興趣盎然，就在附近的家庭工廠，訂製了一台克難烤箱，任我在家裡烘烤糕餅練習。當年台灣，除了大飯店和糕餅店外，誰家廚房會有洋式烤箱？我的每樣作品，母親都讚不絕口，更引發我對烹飪的興趣。然後，廚房成了我們母女倆，邊煮菜邊談心的溫馨場所。母親的燒菜手藝，曾是人人誇讚，女兒們今日愛吃我的家常菜，全賴當年在廚房裡，跟母親習得。週末假日，我會推著菜籃跟母親上菜市場，母親喜歡挽著我的手臂，邊散步邊聊天，似乎其樂融融。菜場小販很會巴結母親，一見我們母女，就頻頻稱讚我漂亮，母親樂的笑呵呵，逢人就炫耀我讀北一女。我不知道，在我離家上大學後，妹妹是否也跟母親如此親密地上市場，並在廚房裡燒菜。我只知道每年煮年菜時，我都是母親的幫手。

離家讀大學，每隔一陣，母親就會寄來一大包裹的吃食，宿舍寢室人人欽羨受惠。其實學校附近餐館小吃林立，哪會餓著我？整棟宿舍也沒哪個母親勤寄包裹來。每次，我把大紙箱放在腳踏車後座，慢慢牽車回宿舍。一路上，迎面碰到騎車去上課的室友們，個個一臉羨慕，阿舆親密地和我招呼而過，難以形容的溫馨快樂湧上心頭。每逢過節，南部當兵的哥哥奉母親令，千里迢迢趕到學校，帶我上餐館打牙祭。寢室室友起鬨審問，穿軍官服的帥男士，到底是親哥哥？還是乾哥哥？鬧得滿室尖聲笑語！縱使遠在天邊，母親又何曾忘記我這夾在中間的孩子？

畢業後，母親一反以往，事事任由我的態度，突然堅持不允許我繼續深造攻讀研究所，理由簡單，女孩學歷太高難找婆家。在母親執意下，我委屈怨恨，勉為其難放棄深造，上班就業。然而，婚後生女不久，公司選派我出國受訓，我初為人母，無法棄初生女兒不顧，遠飛美國。正在左右為難，母親竟與先前完全相反的態度，積極鼓勵我出國，還自願提出幫我照顧女兒，解除我心頭的後顧之憂。原來，母親並不擔心我展翅高飛，她是真怕我孤獨一生，身邊沒有丈夫伴行啊！

回國一陣後，發現母親咳嗽不止，接著驗出肺癌末期。母親生我、育我、愛我、護我、助我、教我，傾其所有給我，求報的只是子女圍繞，含飴弄孫，卻也無法獲得。再次，母親捨不得離開她的子女，默默流淚。然而，這次事情哪由得了她？我和妹妹也束手無策，只能帶著她吃遍所有美餐，欣賞所有她體能尚能到達的美景，拜求所有寺廟，心疼地看著她漸離漸遠，一去永不復返。

聽說，百年修得同船渡，千年修得共枕眠。自初生，我與妹妹就跟母親共床睡，直到小學畢業而止。十多年的共床眠，我們之間的母女緣，豈只是千年修來？前一陣，讀蘇軾夢亡妻的〈江城子〉：「十年生死兩茫茫，不思量，自難忘。千里孤墳，無處話淒涼。縱使相逢應不識，塵滿面，鬢如霜。夜來幽夢忽還鄉，小軒窗，正梳妝。相顧無言，惟有淚千行。料得年年腸斷處，明月夜，短松崗。」淒淒詩詞，不正描繪了我們母女三十年的緣份？我若再與母親面對面，她會認得我嗎？

父親的情

古人說：「君子之交，淡如水。」父親與我們孩子之間，就是如此淡淡的情。他與我們談話的內容，或是知識的傳授，或是歷史的講述，或是時事的評論；沒有關心的噓寒問暖，也沒有情感的交流，更沒有心靈的對話。

幼時家裡，母親主內，掌廚又負責管教子女，慈母嚴父一手包辦；父親則完全主外，只管拿薪水回家，除非母親請求，他從不過問我們的事。當年，稚齡的童子，只要有吃的塞嘴，哪管吃的東西怎麼來？當然，吃的都是母親從廚房裡變出來的，哪瞭解買食材的錢大有學問？我們對母親又敬又愛；對父親則不聞不問。偶爾，餐桌上搶菜搶食，母親會提醒我們，留點菜給爸爸吃，他賺錢很辛苦。我們才瞭解，哦，爸爸是賺錢的人，如此而已，賺錢為什麼辛苦？誰也懶得去理解。

父親是黃埔軍校畢業生，闖南征北，抗日剿共，出生入死，打了不少血戰。來台後，退役轉業成家，養了一群嗷嗷待哺的我們。十幾年的軍旅生涯，養成他整潔條理的癖習，書桌永遠乾乾淨淨，抽屜裡東西擺的有條不紊，當年當兵的隨身武器，已深藏不用，偶爾取出保養，槍枝擦得油光光，武士刀保養的閃閃發亮，軍人習性之好由此得見。我們這些小子，充分利用父親軍人的好習性，缺什麼東西，就往他抽屜裡去找去拿。有記性，用完放回去；沒記性，自己也忘了放哪，常惹得父親為找丟失的東西暴跳如雷。

父親從軍旅生涯，訓練出一付大嗓門，罵起人來咆哮怒吼，鄰裡盡聞，髒字也不缺。我們後來搬到公寓住，一次，鄰居一個美國年輕痞子對同居的嬌小女子粗魯相向，只聽屋裡乒乓亂響，女聲尖喊哭叫，男聲英文髒話狂吼，彷彿要出人命，鄰居們都閉門不敢出聲。突然，老爸像張飛般咆哮大吼，音量遠遠蓋過老美，老美只聞吼聲，有聽沒有懂，作賊心虛，以為有人路見不平，驚得直問：「他在說什麼？他在說什麼？」然後，聲音愈來愈弱歸於平靜。父親經常見義勇為，我也不以為奇。隔天，我稱讚老爸又見義勇為了，父親嘿嘿大笑靦腆說，其實是老美大吼驚了他的午覺好夢，才氣惱大罵，並非見義勇為。隔一陣子，見老美搬離公寓，只剩該女子進進出出，父親的張飛怒吼，無意間倒辦了一件好事。

父親在鄰里間，除了大嗓門有名，經常義務灑掃附近環境，也頗為有名。我們巷道裡住了八戶人家，各戶各自清掃圍牆內的院子，無人關心巷道，父親則日日從巷頭掃到巷尾。離開軍隊後，父親體形發胖，中圍突出，彎腰掃地頗為辛苦，常常累得汗如雨下，卻甘之如飴，連巷道邊的排水溝也清得乾乾淨淨。鄰居們個個稱讚父親勤快，卻從不分擔工作，父親也不以為意。他認為附近環境不乾淨，滋養蚊蠅，會飛的蚊蠅不會只飛別家，哪能自掃門前雪？愛管閒事的軍人脾氣一點不改。如今回顧，父親帶兵時，事事有勤務兵打理，退役後竟能放下身段，打掃街坊環境，實屬不易。

說父親是老粗也不盡然，他能作詩填詞寫文章，不輸一般文人，而且記性奇佳，歷史和古典小說細節，倒背如流，毛筆字更是寫得溫潤俊秀。他曾撿拾附近工廠剩餘的粗竹材料，打磨成筆筒，雕刻上自己書寫的「夢筆生花」四個字送給我，字刻得深淺有致，書法清秀勁逸，讓我愛不釋手。當時年幼懵懂無知，今日回想，父親是否暗暗期望我效法李白的「若能藉此生花筆，寫盡人間萬首詩」的大志？我常奇怪武將如他，帶兵打仗，哪來的時間讀書練字？莫非老蔣訓練出來的黃埔子弟兵都是文武全才？

父親工兵出身，手巧心靈，家裡的工具全出自他手。一般人家裡，只有一支鐵鎚，我們家工具箱大、小鐵鎚一套，也不知他從何處尋來的小鐵鎚上的小榔頭，整支小鐵鎚製作的小巧可愛。當年我人小臂弱，拿小鐵鎚工作，竟也變得順暢手巧。家裡廚房的菜刀，大大小小一列，全磨得刀利鋒芒，母親的巧手加上這些鋒利菜刀，切菜更是快速俐落。我出嫁後成立小家庭，廚房內的菜刀，也全靠父親打磨保養。來美後，菜刀就靠外子保養，卻是沒隔多久即刀鈍鋒拙，每回切肉，切得咬牙切齒，臂力酸疼，就格外想念老爸。

父親其實並非無情，他一生戎馬，粗獷軍人對婆婆媽媽的噓寒問暖難以啟齒，也難怪與我們這些不知事的幼兒、幼女，難有交心的對談。當年，他常用家鄉話與親弟弟三叔追憶家鄉事，兄弟二人談得搥胸頓足，又罵又恨，罵共產黨無情，恨國民黨無能，涕泗縱橫，激情萬分，年幼無知的我們常躲在門後偷看，掩嘴竊笑，當笑話傳頌。

父親有一小弟弟，兩岸隔斷後，滯留家鄉音訊全無。父親在餐桌上，常講述小叔天不怕地不怕，大膽調皮的故事。當年，窮鄉僻壤鄉下人，愛謠傳鬧鬼，小叔偏不信邪，三更半夜拿著扁擔，哪兒鬧鬼就往哪兒闖，捉鬼打鬼，駭人聽聞。

八〇年代，我奉公司指派到美國受訓，正逢大陸開始對外開放，父親囑我寫一封信回老家打聽小叔。信寄出六個月後，收到一封紙張非常粗糙的回信，字體端正，頗似父親書法。小叔雖強悍，兄長的國民黨軍人身分，免不了要受盡煎熬與緊密監視，無法暢所欲言，只輕描淡寫，自己風燭殘年，生活清苦，異常想念大哥。我與小叔從未謀面，信中短短數語竟讓我眼眶含淚，等不及父親回信指示，就擅自買了冬季禦寒衣物、手套、圍巾、和營養餅乾等吃食快速郵寄給小叔。臨離美國回台灣前，又收到小叔的一封信，稱讚我有情有義。我回台後，父親就不時從台灣經香港朋友處，輾轉寄錢資助小叔。

不數年，父親告訴我小叔離世了，父親不似以往，當我是乳臭未乾小孩，竟視我為知己，把小叔用父親斷斷續續寄回去的資助錢，重修祖墳後的照片拿給我看，要我留作紀念，並稱讚小叔至死都不寫簡體字，每封信必是恭恭正正的正體字，父親跟我提這事時，眼睛晶瑩淚閃。

後來，兩岸開放，我問父親何不回鄉看看，父親咬牙切齒，大罵共產黨不倒，他一步也不會踏上故土，一直到他老人家去世都沒有回過家鄉。

又結來生未了因

兩個女兒幼時吵架，我就勸解，妳們姐妹倆是唯一能互相分享童年到老年記憶的夥伴，應該好好珍惜。孩子們不全瞭解，我卻感受深切。父母，陪伴我走過童年和成長，然而中途撒手離去；夫婿，伴我度過大半生，童年生活裡卻沒有他；唯有兄妹手足，伴著我走過童年、成長、婚姻、生育和追憶一生。

遠離台灣來美，父母已逝，家鄉親情，全靠手足之情維繫。我們家四兄妹中，大哥從小就有做兄長的氣勢。當年，父親常出差開會，每次開完會，都會帶回一盒西點餐盒，裡面有各式各樣好吃的西點蛋糕和點心。父親很少對我們小孩噓寒問暖，卻記得把公司開會時發放的西點餐盒，留下來給我們吃，舐犢之情，表露無遺。台灣早期生活清苦，如此豐盛的西式點心，對我們小孩來說無異是山珍海味，爭相搶奪勢所難免。然而，搶奪哭鬧的劇情，從未在我們家發生。點心盒一到，大哥會有條不紊地把各樣點心編號，然後繪梯狀迷陣圖，每人選一條線走梯形迷陣，尋點心號碼。我們四個孩子玩得笑呵呵，有吃又有玩，夫復何求？現在回想起來，哥哥們若大欺小，搶先奪食最大最好吃的點心，弱小的我和妹妹，恐怕也莫可奈何。

妹妹和我，在家中雖都站在同一陣線，卻也常常互相吵嘴。少女時，愛美愛打扮，一次，兩人作伴到裁縫師處選裁衣裙，正討論的興趣盎然，女裁縫師突然羨慕的說，很多姐妹都無法好好相處，妳們姐妹倆怎麼這麼好？我一下愣住，原來我們是讓人羨慕的一對姐妹！各自結婚生子後，回國探親，已長大成人的外甥女，一日有感而嘆：「唉！妳們倆真是姊妹情深啊！」我才驀然發現，原來自己身在福中不知福。

我生性孤僻，個性剛強，獨來獨往，橫衝直撞，不知死活。妹妹則性情柔和，隨遇而安，只有她能容忍我的脾氣，兩人竟能互補互利，融洽相處。前一陣，妹妹告訴我，年輕時，我常給她超年齡的智慧分析，獲益良多。譬如，高中時，家中經濟拮据，妹妹看到鄰居家庭生活富裕，頗感沮喪。當時的我竟會充小大人，安慰妹妹：「我們家四個孩子年齡相近，全都在上學，爸媽負擔重。可是，以後每隔兩年，就會有一個大學畢業，開始工作賺錢後，家庭經濟就會越來越好。」妹妹聽了，振奮不已，希望無窮。我聽完，呵呵大笑，倒不記得自己曾說過如此話語。

妹妹在中學教理化，教學條條有理，學生非常崇拜她，家長頻頻要求她為學子課外補習。當年，學生課外補習，學費不貲，對清苦的教師，不無小補。妹妹卻清廉潔癖，寧可下課後仔細回答學生問題，也不願另加收費開班補習。她一生安貧樂道，虔誠信佛，不貪不瞋，樂善好施，晚輩們對之都尊敬有加，言聽計從。妹妹的高中同學曾跟我提及，當年她家中窮苦，沒錢買零食吃，下課休息時，看同學買零食享受，非常羨慕。妹妹竟及時慷慨解囊買冰棒給她吃，她一直牢記著這份恩惠於心頭。我屈指一算，那時我們家也是經濟拮据的很啊！

我在台灣懷老二時，三更半夜腹痛生產，當時母親正病入膏肓自身難保，心有餘而力不足，無法幫我，我惟有依靠妹妹，把老大寄託她家。我住院生產期間，妹妹不僅要照顧生病的母親，還得照拂她自己的幼兒和我牙牙學語的老大，三頭六臂，卻事事處理得有條不紊，讓我讚嘆不已。我一生獨立好強，生產時，卻是身心虛弱，需人扶持，妹妹即時在我身後支撐，讓我畢生難忘。

當年在台灣，兩家隔鄰而居，事事有妹妹為支援幫手，不覺孤立無助。之後，隨著夫婿來美讀書，相隔千里，才發現無人依靠，處處為難。每月與妹妹通信訴苦，成了最大的心靈慰藉。當年的國際郵簡，來回一趟耗時近一個月，每當信箱裡發現薄薄的淺藍色信簡，總讓我興奮無比。隨著科技的發展，我們的長途郵簡通信，轉為即發即收的電郵，再轉為網路聊天，數十年如一日，聯絡無輟。

我回台探親，都暫住妹妹家，那時，看她每晚忙完廚房雜事，一邊在洗衣機裡洗衣服，一邊幫孩子檢查功課，慇慇指導孩子們的作業，我自嘆弗如。如此繁重生活下，她還回校攻讀博士，我勸她別累壞身子，妹妹竟回答：「我是步妳後塵啊！妳不也結婚生子後出國留學，攻讀博士？」聽得我啞口無言。妹妹從小就愛跟著我身後轉，事事唯我馬首是瞻，沒想到習以為常，長大了仍處處跟著我的腳印走，不知是禍是福。

回鄉探親時，大哥總不失兄長風範，四個大家庭團聚飯店，吃喝談笑，大哥付賬，理所當然。女兒們更高興，表哥表妹們充當導遊，四處逛街，享盡台灣小吃美食。原本以為兩個美國長大的洋腔洋調女兒，與台灣親人恐有溝通困難，結果大出意料之外，年輕人嘻哈談笑，活絡親熱，毫無阻礙，我們根本難以插嘴。

回美上飛機前，大哥家中，書架上的中式連續劇，中國歷史文學著作，任我挑選收刮。大嫂更是長嫂如母，四處收購台灣有名的好吃糕餅點心，塞滿我們行李箱。父母早逝，回鄉的親情，手足之情填溢，人生幸福莫過於此。

蘇東坡謫貶他鄉時，思念弟弟蘇轍作的〈水調歌頭〉名句：「人有悲歡離合，月有陰晴圓缺，此事古難全，但願人長久，千里共嬋娟。」送與千裡外的親人，最為適切。我更貪心，還期盼另一名句：「與君世世為兄弟，又結來生未了因。」

但願人長久

蘇東坡的〈水調歌頭〉名句：「人有悲歡離合，月有陰晴圓缺，此事古難全。」道盡了人生的無常與無奈。我的一生，當然也是悲離不缺。但，每次的心情大不相同，回首分析，耐人尋味。

生平第一次與家人別離，是在台灣負笈南下讀大學，心中惶恐卻無悲悽。老爸攜我南下註冊，把我的食宿安頓無慮後隨即離去。我矇矇懵懵，忙著結交宿舍裡的新室友，新鮮加興奮，哪有悲情？反倒是母親放不下，頻頻寄零食包裹給我，又不斷囑父親寫信給我，溫馨關懷之情，比在家中有過之無不及。其實，年輕人初次離家，雄心萬丈，摩拳擦掌，對前途充滿憧憬，哪有別離之悲？基於同理，女兒們離家讀大學時，我老神在在，不悲也無不捨，放鳥高飛，她們自會適應，何需淒淒？果然，第一年，她們在學校餐廳裡吃得樂呵呵，樂不思家。第二年，才開始回頭想念老母的手藝，頻頻收刮家中剩飯、剩菜回學校大快朵頤。

我真正的悲離，是在台灣夫婿獨自離家赴美讀書那年。離開前幾個月，為他打點衣物，包裝書籍，忙得不可開交，沒時間靜下來思考，也無所謂離情依依。當日，開車送他上桃園國際機場，一對稚齡女兒好奇興奮，在機場大廳裡東奔西跑，我找人抓人疲於奔命，累得不成人形。老爺子臨進關前，親親抱抱女兒，最後給我一個熊抱，轉身進入警戒區，我仍無感覺，一顆心和兩隻眼仍緊盯著兩個女兒轉。

然後，開車回家，在平穩的高速公路上，兩個女兒在搖籃似的車子裡，睡得東倒西歪。我回首望一眼兩個無憂無慮熟睡的女兒，眼淚突然不聽使喚，花啦啦流下來，離別悲情驟然湧上心頭。此時，才開始靜心思考，回憶往事，考慮未來。日日生活在一起的伴侶，孤獨一人在飛機上，越洋遠赴異國，異土異語異情，能否適應？原本和美的家庭一分為二，不禁自問，我們兩人先前的決定，捨棄人人欽羨的鐵飯碗工作，遠離台灣，先後赴美深造是否正確？

車開回到寓所樓下，兩個女兒熟睡不醒，我抱起二歲的老二，搖醒五歲的老大，牽著她的小手，艱苦蹣跚地爬上四樓公寓。老大睡眼惺忪，一步一停，矇矇矓矓，口喊要爸爸抱，我已乾枯的淚眼再次淚如雨下，視不能見。快速奔上樓，放下老二，回頭找老大，見她已躺睡在樓梯間地上，我心疼不已，抱起她邊走邊流淚。心中徬徨，家裡沒了幫手，我如何又上班又照顧這兩小？

如今細想，古人交通不便，所有長途遠行都是在地面上爬行。別離時刻，牽腸掛肚，一步一回首，離情依依，彷彿慢動作的悲情電影，沒完沒了太傷人肺腑了。今人步調緊湊，沒時間傷別離，直到離別之後才猛然覺醒，猶如快刀斬情絲，倒也乾脆。只是，別離後的痛苦古今類同，柳永的〈雨霖鈴〉：「此去經年，應是良辰好景虛設，便縱有千種風情，更與何人說？」描繪的淋漓盡致。夫婿離開後，那年的中秋節和國慶假日，我攜著女兒四處遊樂拍照，計畫給女兒們留下美好的台灣回憶。孩子們年幼天真，玩得盡興，卻不知我心中有「遍插茱萸少一人」的孤淒。一年後，我攜著兩小風塵僕僕到美，與丈夫會合，結束了兩地分離之苦。

原以為，夫妻倆從此吵鬧鬥嘴、互瞪眼，相守至死。未料，我辛苦拿到學位後，遍尋理想職業不著，尋尋覓覓，終於僥倖獲得離家數千裡外的國家實驗室研究獎金。去？或不去？去，則需離家背景，棄夫離女，獨自前往奮鬥；但是，能增加履歷表的經歷，日後易於找到其他工作。不去，何時翻身？難道要埋葬數十年的學歷於廚房？孩子們都已長大，何需我苦守家中？家庭會議結果，全家一致鼓勵我攫取良機。

再次別離，本以為自己有了前次經歷，必能處之泰然。臨走前，替老爺和孩子們，煮了一堆他們愛吃的菜餚，塞滿冰箱，聊以彌補離家棄女的愧疚心。離家當日，女兒們照常到學校上課，老爺子獨自送我上飛機。機場裡，我放心不下，嘮嘮叨叨，開始叮嚀老爺子要注意自己身體，別對女兒太嚴厲，女兒們都是能自動自發唸書、懂得自我檢點約束的好孩子……，話未說完，語音開始哽咽，珠子般大小的淚水，頻頻滑下臉頰，我再也無法控制，顧不得機場裡人來人往的人群，伏在丈夫肩上嚎啕大哭。我從來不知分離有如此錐心泣血，如此傷懷，如此不捨！

柳永的「念去去，千里煙波，暮靄沉沉楚天闊，多情自古傷離別。」也無法盡述我心中的悲淒。我哪擔心「千里煙波」？何嘗考慮自己日後需單獨面對「暮靄沉沉楚天闊」？我擔心的是，日後全家大小飲食誰來照顧？心疼的是，女兒受了委屈或病痛哪兒找母親？全家大小的健康，沒有我來把關打點如何是好？這些細枝末節的瑣事，塞滿了當時離別的淒淒心頭，讓我腳步沉重，淚無法止。

當年台灣機場送別夫婿，似乎也沒有如此悲傷沉重。難道是離開的人比送別的人悲傷？或者，傷痛的都是為母者？就像當年母親捨不得我一樣？可是，女兒離家讀大學，我也未如此傷心啊！或者，我為了自己前途離家心存愧疚？那麼，為什麼當年老爺子離我母女赴美讀書，不會愧疚？難道男人比較鐵石心腸？我無法解釋，為何這次的別離，讓我如此無法自制。

回顧一生，「人事紛紛難料，世事悠悠難說」。人生的悲歡離合無法避免，也無法預知，只能借用蘇大學士的名句：「但願人長久，千里共嬋娟。」

茫茫獨行

那年初夏，婦科醫師突然來電話，囑我重作乳房X光檢驗，又主動為我預約外科醫師作進一步驗證，我雖仍在霧中，也感受到情況非比尋常。幾番檢驗下來，結論是上手術台，切除疑為乳癌的硬塊為宜。心情一下子從精神抖擻、樂觀奮戰的高昂，陷入徬徨等待、無所適從的焦慮。

我輕描淡寫地送了一封電郵給在外求學的女兒，又口頭告知另一半醫生的決定。另一半幾天前才動完膝蓋手術，腳上還套著防發炎的冷卻循環水管，學工程的他，對這套新奇裝置，比自己膝蓋的傷口還關心好奇，滔滔不絕地討論著，水如何進、如何出，對我的手術消息聽而不聞，無所反應。

鬱鬱躺在床上，突然覺得孤獨萬分，「誰見幽人獨往來？縹緲孤鴻影。驚起卻回頭，有恨無人省。」蘇東坡當年死裡逃生，貶往舉目無親的黃州，寫下這首〈蔔運算元〉，詞中無人瞭解的孤獨哀愁，充分反映了我當時的心情。人間數十年，一直有父母、親人或朋友陪同，從未有孤獨無助的感覺。如今，猛然覺醒，黃泉路上唯我獨行，誰也無法陪伴，一向堅強的我，突然心怯膽寒。生活中，偶爾孤身闖盪，踽踽獨行，但總懷有無限希望，心裡總有個目標，腦海總有個踏實的計畫，知道自己往何處去，也知道自己在幹什麼。而今，卻是茫茫一片，無計無劃，不知目標何處，也不知如何應對，更不知該向誰求助？一時格外想念母親，頓時想起母親當年奮戰肺癌，是否也如我一般心情？

那年，我懷著老二，住臺北公寓，日日趕上下班，又忙著接送上幼稚園的老大。母親與大哥同住，兩家廚房隔窄巷上下相對。我在廚房手忙腳亂地準備晚餐，不時聽到母親嘔心肺腑的咳嗽聲，就隔著窗戶大聲催促她快去看醫生。不數日，妹妹告訴我，醫院驗出母親得了肺癌。我聽了消息心頭煩亂，趕去看母親，見她未有任何異樣即匆匆離去。心裡還一廂情願想，母親一生不抽煙，怎會得肺癌？了不起開刀割除癌細胞，她不過五十多歲，年輕力壯，不會有事的！年輕無知的我，哪知道事態的嚴重？也不瞭解人在面對死亡陰影時，心情的孤獨恐懼。當年老爸，恐怕也像我家今日男人一樣，懵懂無覺吧？想到此，不禁姍然淚下。

第二天，千里外的女兒打電話來詢問，我用輕鬆的語氣轉訴醫師告訴我的程式，又加油添醋地把網路上查來的知識，分析解釋給女兒聽。女兒聽著聽著，突然冒出一句：「媽，妳是不是很害怕？」我楞住無語，眼淚奪眶而出，緩緩流到面頰。女兒告訴我，數年前她乳房附近長疣，也很擔心害怕，幸好檢查無恙，勸我不用擔心。掛了電話，忍不住號啕大哭。當年，我粗心無知，不瞭解母親的惶恐，未盡心慰藉她，今日才省悟，母親恐怕是在孤獨恐懼中逝去的吧？自己何等不孝！而今，我何德何福？上蒼竟賜給了我一個如此聰慧貼心的女兒！

怨恨另一半的無情，我獨自默默安排一切手術事宜。當日清晨，窗外一片漆黑，遵照醫院囑咐，對鏡取下所有飾物。望著鏡子，恍然大悟，原來所謂的「身外之物」即是如此！人何其愚蠢，汲汲營營，買這些飾物掛在身上，於生命有何助益？全身無任何贅物，卻是步履沉重，開車出門街上一片寂寥，路燈冷冷照著地面，車駛在高速公路上寂然無聲，前面沒一輛車子，往後視鏡望去，後面也無一輛來車，真是「前不見古人，後不見來者，念天地之悠悠，獨愴然而涕下。」孤獨感又襲上來，眼淚也不聽使喚嘩啦啦流下。

醫院裡，冷氣奇強，脫下所有衣物，換上如睡袍般的薄薄開刀服，一陣寒意從背脊爬升上來，忍不住觳觫發抖。穿上開刀服，即成了醫院的病人，瞬間即失去了所有自由，縱使目前仍四肢健全，無病無痛，健步如飛，護士還是執意要我坐上輪椅。無可奈何，遵照辦理，暗嘆，如此待遇，不僅不覺貼心，反有自己將成垂死無用之人的哀愁。

開刀前，技術員需作指標確定乳癌疑處。程式是插針入內，然後照X光片，目測針與目標相對的位置，然後重新再插，如此嘗試幾次，直到位置正確。無奈技術員一直未能插準目標，口中雖連連道歉，還不停稱讚我有耐心，我卻已是筋疲力竭，腳都站不穩，勉強微笑以報。心中暗自嘀咕，原本沒癌細胞的肉體，一連照數十次X光，恐怕也要突變成癌細胞了吧？最後，總算大功告成，胸口已是滿目瘡痍，手腳冰冷，嘴唇發紫，渾身凍得直打哆嗦。技術員滿頭大汗噓一口氣，猛一回頭見狀，頓悟馬上為我裹上毛毯。好一個寒冷的夏天！

手術檯面冰冰涼涼，仰面躺臥，手腳綁扣在臺上，覺得自己好似「人為刀俎，我為魚肉」，眼睛只能看到天花板上的手術燈，醫生蒙著口罩的臉突然出現，耐心為我解釋手術過程，我點頭表示瞭解，隨即一針麻醉注下。不知過了多久，聽到有人呼喊我的名字，睜開眼睛，渾渾沌沌不知身在何處，那人自我介紹：「我是護士，妳知道發生什麼事嗎？」我慢慢返回意識：「醫生幫我開刀。」「開哪兒？」「左乳房。」「甜心，太棒了！妳沒事了！我幫妳打電話，找人來接妳出院！」

護士用輪椅推我到醫院門口，見到來接我的朋友，才准我離開。回到家中，電話錄音裡留了好幾通電話。原來，好友得知我的狀況，大大痛斥了另一半一番，男人才恍然大悟，頻頻道歉。還有哥哥、嫂嫂和妹妹遠從台灣打來的慰問電話，聽著聽著，眼眶含淚，想起蘇東坡的詩：「與君世世為兄弟，又結來生未了因。」手足之情，畢竟不同。信箱裡，躺著女兒寄來的小禮物，附著一張她親筆畫的卡片，兩個小女孩手牽手，寫著想念媽媽，背面還調皮畫上「Hallmark」的標誌，不禁莞爾。望向窗外，豔陽高照，炎炎夏日，心情也跟著氣溫上升。突然省悟，來到這世界時，渾沌無知；離去時，又何必知道往何處去？庸人自擾啊！

之子于歸

小女兒終於宣佈八月準備結婚了！女兒聰慧美麗，事事順遂，唯獨對婚姻事遲遲未定。芳齡早已突破三十大關，卻仍是一付悠哉悠哉，安閒無慮狀，做母親的我，「皇帝不急，急死太監」，可又不好開口催促，唯恐增加其心理壓力。喜事一宣佈，我不禁長嘘一口氣！

美國長大的孩子，獨立自主，婚禮準備一切不勞他人之手，連父母也不得參與意見。其實，婚禮本就是年輕人自己的大事，一切儀式自應符合他們的心意，長輩何需多此一舉，插手攪局？女兒和女婿早有主見，不願大張旗鼓，勞動遠道親友，只盤算小巧溫馨的儀式，因此只邀請了數位至親好友參加。客人名單，我們當然尊重新人意見，完全由他們決定。我和老伴則樂得清閒，只待日子到來，打扮妥當，出席婚禮罷了。

日子一天天逼近，我們跟一般賓客一樣，只收到邀請函，婚禮細節仍是一無所知。女兒、女婿上班繁忙，一會兒出差這兒，一會兒旅行那兒，可有時間安排婚禮事宜啊？我憂在心中，卻也只能輕描淡寫地暗示女兒，如果需要人手幫忙，儘量利用父母，女兒不置可否。既然女兒胸有成竹，我就無需庸人自擾，專心思索送女兒一件有意義的結婚禮物吧！

婚禮前三個月女兒來電，要我準備五分鐘的講稿在婚禮上發表，我當然一口答應。幾個月來，我一直忙著整理女兒的照片，從出生、練走路、學跳舞、彈鋼琴，上小學、亭亭玉立、高中畢業、大學獨立、研究所畢業……等等，一切一切，猶如電影般一幕幕重演。多虧老伴經常帶我們全家出遊，旅遊到每一個角落留下全家的身影，也才能在照片中看到女兒一吋一吋的長大。女兒的一生，都縮寫在相簿裡，我一邊整理一邊回憶，時而會心微笑，時而感動流淚。女兒即將有自己的家庭，她在娘家的前半生日子，希望是她一生美麗的回憶！我心中有千言萬語，正苦惱無處宣洩，「滄海月明珠有淚，藍田日暖玉生煙；此情可待成追憶，只是當時已惘然。」詩人李商隱的詩，道盡了我心中無數的感觸，五分鐘的演講，正是我所需的啊！

然後，女兒發帖懇求參加婚禮的女士們，務必戴帽飾出席。女婿原籍英國，英國人習俗，女士參加正式典禮都需戴帽飾。婚禮上，遵循女婿家鄉禮俗，無可厚非。我仔細端詳英國皇室的新聞照片，的確，皇室女士們出席宴會都戴帽飾，以示鄭重。我也有愛美心，平時無膽作怪，現在可以理直氣壯地戴稀奇古怪的美麗帽飾，模仿英國皇室公主，何樂不為？美國社會習俗粗獷無拘，市面上難找漂亮的帽飾，只好網上訂購。無奈，訂購的帽飾沒能即時送達，錯失我模仿皇室打扮的良機，女兒雖體貼無怨，卻令我忿恨跺腳！

婚禮前一個月，女兒又要求我在典禮中，朗誦中文詩詞外加英文翻譯。我驚喜若狂，女兒要在她的大日子裡注入中國文化？來賓中，除了我和老伴，無人精通中文，縱使有跟女兒一樣的華裔二代朋友，也難以真正理解中文詩詞。顯然，她真正以中國人為榮。我義不容辭，馬上找來幾首中國古代男女婚戀喜慶的詩詞翻譯成英文，供女兒選擇。無奈，女兒都不喜愛中國傳統的男獵女織的詩句。意外地，她頗欣賞牛郎織女的深刻戀情詩詞。女兒的結婚日期雖近七夕，我卻不願女兒與女婿如牛郎織女般，一年只相會一次。母女討論一陣，終於決定由我根據牛郎織女天長地久的兩情相悅詩詞，自行撰寫詩詞祝賀新人。我非詩人，哪能寫詩填詞？女兒拋給我的難題讓我汗流浹背。不過，暗忖，反正來賓中沒人懂中文詩詞，我濫竽充數，只要英文翻譯的詞意，美而意義深遠，唬唬這些英文母語的老外又有何妨？我大膽填寫：

纖雲弄巧，飛星傳情，千里姻緣一線牽，
歡娛今夕，締結良緣，晴空繁星慶佳偶，
兩情相悅，白首偕老，只羨鴛鴦不羨仙。

婚禮中，看到只懂英文的親家和來賓們，聽我高聲朗誦中文，大女兒負責朗誦英文翻譯，個個點頭讚許，事後更前來恭賀稱讚，我竊竊私笑，歡欣無比。

女兒的婚禮儀式匠心獨製，莊重幽默，歡笑聲頻頻爆出，一切進行完美順利，不禁暗暗讚許女婿和女兒的能幹。

餐桌上，重頭戲上演，我上臺演講五分鐘，把女兒從小的聰慧體貼故事，娓娓道來。情動處，忍不住聲音哽咽，眼光掃描下面的觀眾，女兒和來賓也個個唏噓抹淚。父母子女，舐犢情深，無需做作，自然感人。最後，我當然不免俗的送給女兒《詩經》裡的一首詩：

桃之夭夭，灼灼其華。之子於歸，宜其室家。
桃之夭夭，有芬其實。之子於歸，宜其家室。
桃之夭夭，其葉蓁蓁。之子於歸，宜其家人。

接下來，親家公發言勉勵兒子。然後，姐姐和好友們描述兩人的美事和糗事。新郎和新娘津津有味地，聽對方好友揭發兩人相戀時的背後互相評語，聽眾爆笑鼓掌如雷，好個溫馨的歡宴。

我衷心期盼，公主和王子的戀情長長久久！我深知，男女戀情會有淡化之日，我和老伴現在不也經常鬥嘴爭執？親家公說的有理，家庭需要苦心經營，互勉互讓，才能「執子之手，與子偕老」！

隔日，我把整理好的三大本相簿交給女兒和女婿。女兒的童年和前半生的生活，女婿完全空白，這相簿應該也會是他的最愛吧？女兒翻開幼兒時的可愛照片，少女時的尷尬年華，成年後的穩重姿態，不斷尖叫，歡笑驚嘆，高興異常。這恐怕是父母能送給子女的最好禮物吧？一段溫馨美麗的成長歲月！

灼灼其華

大女兒從小就長的秀秀氣氣，非常女性化，人見人讚。她一出生，閱歷豐富的母親就讚不絕口，小妮子不似一般新生嬰兒的皺折皮膚，而是粉粉嫩嫩，配上尖細的瓜子臉型，以後一定是個大美人。年輕的我懵懵懂懂，哪想那麼多？對著這麼可愛的小人兒，只會寶貝似地抱著、摟著、親著、哄著，管她是醜是美。一直到小女兒出生後，兩相比較，我才發現原來大女兒真是具備了標準女性所有的大部分特質：乖巧、嬌柔、愛美、愛哭、愛撒嬌。後出生的妹妹，反而顯得剛強、調皮、不奪，像個小男孩。我自己是個粗枝大葉的人，眼看大女兒從小如此懦弱愛哭，很不以為然。

幾年後，我帶著兩個女兒，從台灣千里迢迢與先來美國留學的丈夫會合，大女兒隨即進入美國的幼稚園班上學。然而，她從沒學過英文，不懂英文也不會說英文，如何自處？我憂心忡忡，特別到學校拜訪老師，詢問該怎麼辦？老師安慰我，不用擔心，小孩自會適應良好。我仍不放心，為她製作了幾張重要的生活必需英文卡片，譬如，上廁所、搭校車、家裡住址等等。女兒的中文程度，只認得幾個大字，卡片上有英文字句，卻無法寫她認不得的中文，我只能用畫畫示意。正式上學前，我預先教導女兒，在學校遇到問題時，看畫取卡找人幫忙。女兒小小年紀，竟然處之泰然，乖乖聽我解釋，笑嘻嘻的完全記住。我突然發現，女兒柔弱的外表下，竟有驚人的堅韌性格，就像一般所有可敬的女性一樣。

女兒的靦腆柔順以及不諳英語，自然而然成了學校惡霸喜歡欺負的對象。她回來告訴我，校車裡，有個鄰居男孩故意欺負她。我馬上放下手中工作，牽著她的小手，找到男孩家去評理。敲開男孩的家門，男孩驚愕不已，唯唯諾諾點頭，保證不再欺負女兒。我私下教女兒，下次再有人欺負她如何自防，她笑瞇瞇點頭。後來我問她，有否用到我教她的狠術啊？女兒搖頭，原來她已結交了幾個好朋友，好朋友自會用英文跟老師告狀，誰還敢欺負她？女兒竟然比我還懂得用外交手腕自保！

後來，個性剛強的小女兒進入與姐姐同校的幼稚園班，反而要柔弱的姐姐幫忙。小女兒上學初日，中間休息時刻，只顧自己跑去瘋玩，上課鈴聲響後，竟忘了自己是那間教室，找不到教室，急的淚眼汪汪。姐姐及時出現，像小媽媽般帶著妹妹找到教室。大女兒回來告訴我始末，我訝異她熱心助人的厚道本性，我從未教她照顧妹妹，她竟能隨時注意妹妹的需求。我猛然覺醒，女性化的大女兒雖愛哭，卻不見得懦弱。

進入青春期的女兒，更加顯現出叛逆女性的本能，偷我的化妝品抹臉，暗暗試穿我的衣服去逛街，整日愛美、愛打扮、愛逛街，就是不愛唸書。我自小在台灣埋首努力讀書考試，只知道規規矩矩穿制服上學，裙子長度必蓋過膝蓋，頭髮剪個耳上西瓜皮頭，哪有她今日如此懂得愛美搞怪。我束手無策，不知如何面對「吾家有女初長成」的尷尬和苦惱。她的舞蹈老師曾是華埠選美皇后，頻頻跟我建議，女兒長的氣質出眾，婀娜多姿又善舞蹈，應該帶她去選美，說不定能一舉成名。我當然不同意，不過，仍故意問女兒，想去選美嗎？將來夢想當什麼？出乎意料，她竟對選美也嗤之以鼻，只夢想當醫生。我趁機機會教育，想當醫生不努力讀書，成嗎？她一愣，無語轉身離開。她的青春叛逆期嘎然而止，順利進入大學，一路讀完畢業。

我原以為嬌柔美麗的女兒，窈窕淑女，君子好逑，必能早早尋得夫婿，相夫教子度其一生。沒想到，她年輕時的醫生夢想，並未隨著青春期的逝去而消失。大學畢業後，她執意要繼續攻讀醫學院，實現她的醫生夢想。我苦口婆心勸她，讀醫學院太辛苦了，不僅課業繁重，還要實習值班，日夜顛倒工作，太耗體力了，更何況學費不貲。學工程的丈夫，一向講究投資報酬率，也加入勸阻，告訴她不值得投資如此多的時間、金錢和精力去讀一個醫學位，既耗時又耗力，畢業之後還得背負巨額學生貸款，長期償還債務，讀醫科的投資報酬率實在太低了。其實，我更心疼的是女兒的身體健康，她自幼體質柔弱，那經得起醫學院如此繁重功課的殘酷折騰？女兒哭哭啼啼，怪我們不支持她，別的華裔父母巴不得子女讀醫學院，強逼子女學醫，我們卻反對她讀醫。又怨我從小就瞧不起她的能力。女兒從小數學差強人意，得靠老媽一旁扶植，我當年教她數學，難免批評幾句，現在竟成了怨懟的口實。而今善意的勸阻也成了看不起她的怨言。無奈之下，只有撒手不管隨她去。

堅毅的女兒，不顧我們反對，橫跨美洲大陸，獨自搬到東岸唸醫學院，我只能默默支援她。美國東岸不比南加州，冬季風雪不斷，我唯恐她愛美愛俏，只會買高跟鞋穿，冬季下雪高跟鞋管用嗎？我擅自作主，買了一雙高筒雪鞋郵寄給她。她後來醫學院畢業搬回家，一堆高跟鞋丟的丟，捐的捐，這雙在南加州毫無用處的醜陋雪鞋，卻一直捨不得丟。我當然知道，她懷念的是母親的千里關愛。我當年離家住宿讀大學，母親深怕我餓著，頻頻寄餅乾包裹來餵我，那份千里母愛，我至今想起仍會淚眼婆娑。女兒心母親怎會不知？

醫學院畢業後，女兒幸運被分派到好萊塢附近的名醫院實習，看診時遇到不少名女星。我開玩笑問她，有否趁機要求她們的簽名照啊？女兒正經八百回答，我是她們的醫生，怎能如此沒尊嚴？我突然醒悟，當年那靦腆嬌弱的女孩長大了，她不再是需要我牽手保護的柔弱女孩了。

實習完，她又順利找到南加州有名的大醫院就職，日夜值班工作，責任繁重，根本無時間社交。年歲漸長，仍無固定男友，妹妹都已結婚，她仍是孤家寡人一個。我當年以為她嬌柔秀美，人見人愛，人緣又好，哪用的著我這老母愁她的婆家，誰知人算不如天算，我暗自憂心卻也莫可奈何。前一陣，又看到中文媒體流行極為惡毒的名詞「剩女」，聽的我心驚膽跳，彷彿年長未出嫁的女性罪大惡極，與社會有仇，中國人一向的厚道本質，蕩然無存了。

皇天不負苦心人，女兒終於找到了可託付終身的良人，決定結婚了。女婿爽朗英俊，年輕有為，彬彬有禮，對女兒承諾「執子之手，與子偕老」，我歡欣不已，夫復何求？

婚禮上，看著她穿著高跟鞋，獨自搖搖晃晃走來，我心疼地想上前扶持一把，但歡樂的婚禮儀式不允許我去破壞。我知道，她不需要我們扶持了，她自己能站穩走完人生的，她不是已經自己一路走完了醫學院的夢想了嗎？往後更不用我杞人憂天，她有夫婿可以相互扶持了。

婚禮上，我依女兒的請求和安排，上臺演講。女兒的毅力和熱於助人的厚道，是做母親的我，值得學習的優良品格，我實話實講。並且強調，女兒的成功，其實一路蒙許多貴人的幫忙和扶持，也包含許多好運氣。但運氣是她自己創造的，她平日培養良好人緣，讓旁人樂意伸出援手，這才是她的運氣所在。演講完，她的幾位醫生朋友紛紛感動過來擁抱我，稱讚那是一篇動人心弦的嫁女兒演講。我暗自捏一把汗，幸好沒在好面子的女兒面前，丟了女兒的臉。

喜宴之後，女兒跟我索取婚禮演講稿。我好奇問，作何用處？出乎我意料，她要留作紀念。我一直懷念母親與我的一段母女緣，當然希望母親留給我的情緣，也能繼續傳給女兒。我特意去買了一本古色古香的古董皮質記事本，請老伴幫忙謄寫講稿，爸爸的親手筆跡加上媽媽的嘔心講稿，應該是值得她保留一生的珍貴禮物吧？

詩云：「桃之夭夭，灼灼其華。之子於歸，宜其室家。」女兒正是那灼灼其華的桃花，鮮豔奪目，也是那宜其室家的好女子。

原來如此

童年在台灣，物質缺乏，生活困苦，能夠填飽肚子已是萬幸，哪能奢談美食？然而，記憶中的美食卻在童年。

幼時住家的巷口，有一家麵店，那小店是緊貼著別人家牆壁，亂七八糟搭幾片三夾板，從屋簷延伸出去的違章建築。店面低矮陰暗，狹長的麵攤，擺了兩張長板凳，店主是個滿臉麻子，走路一拐一拐，後背高高隆起的駝子。當年我捧書狂讀「鐘樓怪人」故事時，腦海裡的怪人，就是這位賣麵的駝子。簡陋粗糙的店面已經讓人怯步，再配個長相奇醜的店主，放在今日任何一個角落，恐怕都不會有人上門。奇的是，麵店生意卻相當不錯，經常看到客人背對馬路坐在長板凳上，面向蒸汽瀰漫的大煮鍋，低頭唏哩呼嚕地吃麵條。

我們兄妹幾個，偶而會排排站，好奇地看著駝子煮麵。只見他大手抓一把切仔麵，塞在有長長把柄的小竹簍裡，客人多時，就好幾簍相疊。握著長柄竹簍，掀開滾燙的鋁鍋蓋，插入翻滾的熱水中。同時，慢條斯理的在幾個大碗裡，東加一點調味，西撒一點佐料，待調味好，煮麵的時間也差不多了。然後，丟幾根綠色韭菜，放一小撮嫩豆芽入竹簍的麵中，抖動幾次，提起竹簍，在鍋邊敲兩下甩乾水，俐落地反蓋在大碗裡，一團黃嫩嫩、圓滾滾的切仔麵，漂漂亮亮纏繞聚集在碗中央。他再掀開另一鍋蓋，用大湯杓舀一杓大骨頭湯澆下，放上兩片薄薄的白切肉，滴上幾滴紅蔥油，旁邊點綴綠色的韭菜和白胖的豆芽，一碗香噴噴、鮮嫩欲滴的切仔麵，捧給客人。我們小孩在旁邊，看得垂涎三尺。

每次在南加州，女兒們都會要求到台灣小吃店吃飯，她們專點她們愛吃的台灣肉圓、碗粿、排骨飯等，我則都是一碗切仔麵。女兒們總奇怪問，那麵，既沒好吃的肉，也沒特別的料理，有啥好吃？我無法回答，只能猜測，自己渴望回味童年記憶中的切仔麵吧？其實，加州的切仔麵，與童年記憶中的切仔麵，難相比擬，我卻屢點不疲。也不知，自己是否一直在期待，某一次的切仔麵裡，會突然有童年的滋味出現在口齒之間？

一次，回台灣，大哥特地載我到中壢吃飯，神祕兮兮地跟我說：「這家煮的麵，跟小時候駝子煮的切仔麵，味道很像。」原來，想念駝子切仔麵的人，不止我一個！然而，那切仔麵的味道，仍然，與童年記憶中的味道，相差甚遠。我就想，恐怕自己把童年的記憶，美化的太虛無縹緲了吧？海市蜃樓，總是比真實的樓宇迷人美妙。

但是，若沒有真實的樓宇，怎麼能反映出漂亮的海市蜃樓？如果，童年生活不是甜蜜快樂，怎麼可能對一碗平淡無奇的切仔麵，念念不忘？曾經，我對一北方芝麻大餅瘋狂喜愛，直到有一次偏頭痛期間，吃下大餅，噁心嘔吐，從此不再瘋狂那大餅。其實，嘔吐是偏頭痛的副作用，與大餅的美味與否，毫不相干。然而，大腦主觀的惡劣記憶，會抹煞美食的客觀價值。反之，甜美的記憶，是否會增加食物的美味感覺？

大學求學，住宿在外，嚐遍學校周邊各種美味的小吃店，嘴也隨著養刁了。然而，記憶中的美食，卻只有老爸來訪時，帶我去城裡一家廣東餐館，大快朵頤的油雞。當年，父親每次南下出差，母親總要叮嚀老爸，帶我上餐館大吃一頓。老爸走遍大江南北，見識多廣，懂得吃食，帶我去城裡有名的廣東餐館打牙祭。印象中，那油雞鮮嫩滑口，一層薄薄的雞汁凍，夾在雞皮與雞肉之間，連一向不吃雞皮的我，都是一口連皮帶肉咬下。可是，畢業數十年後，我與夫婿重回大學城，再品嚐那油雞，卻沒有往日那狼吞虎嚥的衝動，我跟老公抱怨，一定是大廚換了。而今，年歲增長，繞了半個地球，嘗盡人生滋味，我突然理解，大廚沒有換，而是情景換了！當年有父母在，我無憂無慮，餐館裡，父親笑呵呵地看著我大吃大嚼，親情加美食，哪有不美滋美味的？也因此，我總勸老伴，跟兒女們外出吃餐館時，隨她們點她們愛吃的菜吧！縱使胡亂多點吃不完也無妨，能留給她們甜蜜的記憶就物超所值了。只是，子女們何時能大徹大悟，懂得回饋父母？

我總想到母親與我的一段母女緣，母親一輩子居家操勞家務，除了偶而隨父親參加親友喜宴外，難有機會出入大餐館。一次，她向我提及，鄰居跟她描述臺北初初流行的港式點心，一碟碟精緻點心，隨看隨點，樣式繁多，美味可口，年輕的我聽了也沒放在心上。一直到母親診斷出癌症後，我才與妹妹帶著母親，去品嘗她描述的那家港式點心。餐館的美食我已不記得，只記得母親欣喜好奇的看著點心車推來推去，面呈滿足的品嘗各式各樣點心。那滿足，不只是口感的滿足，還有含飴弄孫的歡愉。妹妹為我和母親以及當時仍稚齡的女兒照了一張相片，每次看到那照片，總讓我想起當時那熱鬧歡欣的愉悅氣氛，以及母親臉上呈現出子女請她吃大餐廳的欣慰與驕傲。

我離開台灣出國前，攜著一雙稚齡女兒帶父親去吃台灣特有的西餐，父親嚐盡大江南北各式中國菜，卻少有西式餐廳的經驗。我暗忖，父親軍人本色，喜愛吃大塊肉，西餐的大魚大肉，他老人家應該不會排斥。果然，父親面前的西餐盤，吃得一乾二淨，餐後，還有興致逗弄女兒玩，表情無限滿足。父親去世後，想到那晚餐廳的情景，餐桌上點著小蠟燭，我在昏暗中看著稀疏白髮的老爸大口啃食牛排，與我當年在大學城的廣東餐館裡，不過角色互換罷了。我與父母的情緣無長久，有憾卻無悔。我的子女們，會想到這點嗎？

我觀察自然界的動物，發現只有動物父母慈愛照顧幼小子女，少有成長後的動物子女回饋老父老母的景象。雖然，李時珍的《本草綱目・禽類》記載：「慈烏：此烏初生，母哺六十日；長，則反哺六十日。」後人反駁，從未觀察到烏鴉反哺的現象。事實上，烏鴉有群居習性，自己飽食後，分食同類，不以為奇，同類也並不局限於自己的父母，更無幼烏反哺的實質意義。所以，母愛幼，天經地義；幼孝老，非自然定律？孝順，非自然情懷，需要諄諄教誨，莫怪五千年來，中華古老聖賢一直竭力提倡「百善孝為先」，原來如此。

五蘊無常

以前，母親總說，子女有兩種：一種是來還債的，另一種是來討債的。我們兄弟姐妹頑皮時，母親就罵我們是「討債的」。當年，天真無知，日子裡有吃喝玩樂就得了，誰去計較債歸何主？

我自己成家生女後，看著細嫩皮膚的寶貝，惹人憐愛的小手小腳，輕輕逗樂就開口大笑的小人兒，我一點都不覺得孩子是討債來的。美國人總說：「孩子是天使。（Kids are angels）」的確，她們是為人間攜來歡笑的小天使。

孩子們漸長，我的日子開始隨著兩個孩子的需求團團轉。當時，家庭外的日子苦多於樂，工作兢兢業業，上司趾高氣揚，同事勾心鬥角，身心壓力無限，但為了五斗米折腰，惟有逆來順受。家庭裡的日子則樂多於苦，煮飯燒菜雖辛苦，全家圍桌樂呵呵；偶有口角抱怨，瞬間即煙消雲散，誰也不會去記仇。

然後，孩子們相繼搬出，出外唸書、工作，接著結婚成家，以前風風火火、忙碌奔跑的日子，突然消聲匿跡，房子也突然變大變空曠了。「庭院靜，空相憶。無處說，閒愁極。」此時，我才猛然理解母親當年面臨空巢期的閒慌。

母親年少適逢日軍侵華，四處逃躲，未能接受正規教育，一直引以為憾。接著又是國共內戰，與父母生離死別，長途跋涉奔逃。她的成長、結婚、生子、育女，完全自己摸索，無人教導。一生忙忙碌碌，只為生存、為家庭、為子女，掙扎殘喘，從未有過自己的喜好，也未想過自己的後半生，驟然空巢期的閒置，讓她不知所措。我們計畫結婚時，她總是反對，一直挑剔對象不夠理想，難與我們匹配。最終無奈同意我們成婚時，也是依依不捨，暗自垂淚。我終於領悟，母親當年的反對其實是下意識的不捨，她真正想抓住的是那逝去的時光，她口中雖怨我們是「討債的」，其實我們的頑皮、我們的乖巧、我們的成長，都是她一生美好的回憶。

當時，我們從父母住處搬到附近的新房，晨昏定省未曾中斷，母親從先前的反對兒媳、女婿，轉為百般討好，孫子、外孫緊抱伺候，她的日子又轉為興奮忙碌。我們只顧汲汲營營自己的事業，忙得不可開交，樂的讓母親在旁幫忙，美其名為「含飴弄孫之樂」。不幸，沒多久醫生診斷母親為肺癌末期，她不過壯年，即含恨離開她眷顧不捨的子女和孫兒們。我今日才省悟，母親一生都是為他人活著，她的喜樂哀愁完全被子女牽引著。佛教定義眾生的八苦，生、老、病、死、愛別離、怨憎會、求不得、五陰熾盛，母親無一不受。她既未受過高等教育，也無父母長輩一旁教誨，她能從何處獲得覺悟？我當年也是年輕懵懂無知，今日回顧母親一生，痛心惋惜母親承受的八苦，也認識到應該以她的愚癡為前車之鑑，勿重蹈覆轍。

母親捨不得孩子的離開，恐怕是暗自期盼子女是「還債的」吧？其實，哪有討債還債的孩子，每個孩子都是老天賜予的禮物。沒有孩子天使般的歡笑和無邪的動作，我們哪有多彩多姿的回憶？猶記女兒稚年時，常常三更半夜偷偷鑽進我的棉被，窩捲在我懷裡安眠。當時我睡意正濃，懶得起床發作，就隨她去，等天明起床後，才婉言教導她。她稍長，終於瞭解不能吵媽媽睡眠，偶爾夜半驚醒，就悄悄站在我床前，默默望著我，我總會心有靈犀地猛然睜開眼，她就可憐兮兮地輕聲哭述剛剛作了一個惡夢，不敢獨睡。我只有嘴裡嘟囔著掀開棉被讓她鑽進來。那鑽進棉被的一幕，當時是睡夢受擾的懊惱，今日卻是心中隱隱的暖流。

我有時想，為人父母者為什麼總捨不得子女成長離開？是否因為年幼弱小的子女，事事得依賴父母，讓父母覺得自己是擎天之柱的虛幻？大人們在你爭我奪的大千世界裡，不見得是強者，但在家裡弱小的子女面前，永遠是被仰慕需要的強者。子女成長獨立後，擎天之柱的假象不在，難怪會讓父母覺得若有所失。所以，父母子女之間，撇開慈愛親情不談，父母下意識的心理深處，恐怕是用柔弱無依的子女來突顯自己偉大有用的心態吧？當然，這是我的歪理。

子女是父母生命裡的彩虹，只能留作美好回憶，無法擁有。我的女兒們，出嫁後只偶爾來電、來信，我初時心中悵然，總覺「怕流鶯乳燕，得知消息。尺素如今何處也，彩雲依舊無蹤跡。」如今，想到我無需依賴子女來顯現自己有用，就豁然開朗。孩子們正值拼事業和營造家庭，蠟燭兩頭燒的階段，分秒必增，自己當年處於她們年紀時不也如此？我們兩老無病無痛，何須苛求她們多費神？

我總認為，人無可選擇的哇哇墜地出生後，佛教所說的八苦中的四苦「生、老、病、死」，已無可避免，但減少其他四苦「愛別離、怨憎會、求不得、五陰熾盛」，仍大有可為。「愛別離、怨憎會、求不得」之苦，望文生義，無需解釋。我查「五陰」是何物，原來是觀世音菩薩與佛陀大弟子舍利佛的對話，記錄於《般若波羅蜜多心經》內，主要是闡明「五蘊空相」之道。五陰即五蘊，乃「色、受、想、行、識」，「色」是人身軀體；「受」是心情感受；「想」是心想；「行」是對嗔貪善惡心的行為；「識」乃識知事物。佛家的「空」，解釋為無常。五蘊空相，就是佛告知世人，人的驅體和其精神思考等，變化無常，為痛苦之源，唯有修得透視五蘊無常的佛家智慧，即所謂的「般若」，才能免受其苦。凡夫俗子難達佛家的「般若」境界，但若能理解五蘊無常，難以捉摸的特性，至少可以釋懷，減低痛苦。

我有個朋友，年輕女兒不幸罹癌早逝，朋友悲痛「白髮人送黑髮人」，既怨女兒不知愛惜身子，又恨女兒無情離逝，哀痛無法自理。我只能勸慰，女兒帶給她三十年的歡笑，已是老天恩賜，感恩尚且不及何來怨懟？佛教《心經》曰：「色不異空，空不異色，色即是空，空即是色。」一直反反覆覆強調，人體無常，人死緣滅，這是天道，無可改變。我當然理解，愈是乖巧的兒女愈是讓人不捨。然而，姻緣已盡又奈何？五蘊無常啊！

修佛難，般若空性的智慧我也沒有，唯一能力行的就是轉移目標，不再圍繞著子女之情團團想。我讓自己忙碌，讓自己顯現有用之處於其他，譬如：讀書、寫文章、種花、攝影、煮美食、旅遊、交友……，人生可做之事，多矣！

生活

烏龍大笨盜

有人問我從哪兒來？我說奧克拉荷馬州，接下來，一連串胡猜亂扯：「喔，就是那個滿地玉米田的州？」「不對，那是愛荷華州。」「嗯，那麼就是以前有很多黑奴的農業州？電影《阿甘正傳》（Forrest Gump）裡的阿甘出生地？」「不，那是阿拉巴馬州。」縱使美國本地人，有時也搞不清楚奧克拉荷馬州在何處。我總得解釋，奧克拉荷馬州在德州的正上方，二十世紀初期，是石油的豐盛產地。全州土地就像一隻伸出食指指向西邊的手型，對中國人，我就說像一把中式大菜刀。

奧克拉荷馬州是美國的第四十六州，直到一九〇七年才正式加入聯邦政府。州內地廣人稀，許多土地劃撥為印第安人保留區。早期，曾是強盜罪犯逃避藏身的最佳處所。今日的奧克拉荷馬州，青蔥翠綠，四季分明，鶯啼燕囀，悠閒愜意。搬來此處後，努力研究當地文化，看到媒體常提到一位邁科迪（McCurdy）先生，基於好奇，刻意追查，竟發現一段令人噴飯的故事。

邁科迪是二十世紀初期的一個美國強盜，在奧克拉荷馬州幹了一連串匪夷所思的搶案。他一生烏龍，笑話不斷，甚至連死後的屍體，也歷經曲折，其故事之離奇，簡直比好萊塢電影劇情還不可思議。

邁科迪生於一八八〇年緬因州，母親是未婚生子。二十歲時母親過世，他即轉往西部求生，曾在礦場和軍隊裡工作過一陣。離開軍隊後，找了幾個工作都不滿意，最後決定幹強盜。可笑的是，他連幹強盜都糊裡糊塗。

他幹強盜的第一個案子，是搶劫火車。他和三個合夥，在奧克拉荷馬州東北角一個小鎮，跳上一列火車，用自製的炸藥，把車內的保險箱炸開。可是，他老兄用藥過量，竟把火車廂炸了一個大窟洞，連帶保險箱內價值四千美元的銀塊，也被高溫融化，飛灑四處，全黏貼在車廂的牆上，銀子他一點也帶不走。事後，鐵路局員工還得用鐵撬，費了九牛二虎之力，才把所有的銀塊剝下來。邁科迪先生顯然不是工程師，不懂計算。

第二案，他和夥伴三更半夜闖入隔壁的堪薩斯州一間銀行，故計重施，用炸藥把銀行的保險櫃門炸開。這一次，仍是炸藥過量，保險櫃門被炸得飛穿過銀行大廳，一路砸碎了所有傢俱。但，保險櫃內仍有一門，還是完好無缺。邁卡科迪正準備炸第二次，同夥發現遠方有火光接近，兩人急急忙忙抓了一些保險櫃上的硬幣，跳上馬，逃走了！

最後一次，是在一九一一年十月四日，邁科迪和兩個同夥，在深夜一點鐘，跳上一列開往奧克拉荷馬州印地安區的運鈔火車，準備動手搶劫，卻發現上錯了火車，運鈔車誤點，他們跳上的是普通乘客火車，車上根本沒鈔票。他們在車上，收刮了四十三美元和幾瓶威士忌酒，揚長而去。後來，奧克拉荷馬州當地報紙報導，此次搶劫是火車搶劫歷史上，失錢最少的一次。一而再，再而三，失誤不成功，該自我檢討了。

三天後，三個奧克拉荷馬州治安民團的警官，用獵犬追尋到搶匪藏身的農場，經過一個小時的槍擊，邁科迪最後喊了一句話：「你們永遠也捉不到我！」一語應讖，他沒被捉到，他是被槍彈擊斃的。

邁科迪斃命後，屍體被擺放在奧克拉荷馬州印地安區的殯儀館內，殯儀館員替他塗上砒霜防腐，等他家人來認領。邁卡科迪本就是個孤兒，根本沒親人，所以一直無人認領。幾年過去，這個屍體一直穿著他最後被擊斃時的衣服，手拿著長槍，站在殯儀館的一角，供人參觀，每次五分錢，旁邊立著一個牌子：「壞蛋不投降的下場。」好幾次，有馬戲團人出價收購屍體，都被殯儀館拒絕。

數年後，兩個自稱是邁科迪親人的男子出現領屍，口口聲聲說要好好埋葬他。兩個禮拜後，屍體卻出現在巡迴表演的馬戲班裡，供雜耍表演用。當時美國西部，亡命之徒的屍體，用來作巡迴雜耍表演，是一件很普遍的事情。邁科迪的屍體，就一直如此東漂西蕩，還差點一度賣到南達科達州的鬼屋展覽館，老闆嫌該死人像做得不夠真實，拒絕收買。

最後，屍體跟一些頂頂大名的強盜匪徒們的蠟像，擺在一塊展覽。他的屍體後來還被抵押了五百美元，但因無人贖回，就被扔在倉庫裡，與一大堆蠟像為伍。然後，這堆蠟像連同他的屍體一起賣給了加州一個遊樂場。邁科迪的屍體被塗上螢光粉，纏著好幾條一閃一亮的電燈線，供人取樂。

一九七六年，美國ABC電視公司借用他的屍體拍攝「六百萬元男子（Six Million Dollar Man）」連續劇。移動時，不小心手臂斷落，工作人員準備用膠水黏回去，驚然發現裡面有骨頭。立刻傳法醫來檢查，屍體右前胸仍有槍孔，子彈殼還留在體內，多方驗證後，證實是邁科迪的屍體。

一九七七年四月二十二日，屍體終於在他死後六十六年，送回奧克拉荷馬州一個專門埋葬大壞蛋的墳場，與其他十個惡名昭彰的壞蛋們，一起長眠於地下。奧克拉荷馬州法庭還特別下令，在墳墓上舖蓋水泥，以防他的屍體再受其他人的干擾。

美國西部歷史研究專家龔博（Gomber）為他下了一個蓋棺論定：「邁科迪是上帝創造的一個超級大笨蛋，他連幹強盜都不會。」奧克拉荷馬州人，從此常以邁科迪故事當笑話來講。讀完邁科迪故事後，哈哈大笑，就想，人真該量力而為，安安份份地過日子，不自量力的去幹壞事，就像美國諺語說的：「槍擊到自己的腳（shoot yourself in the foot）」，下場可笑又悽慘。

龍捲風的大舞臺

第一次來美，乘飛機從西部橫跨美洲，途中偶爾探頭從機窗往下看，地面是一片蒼綠的大平原，無邊無界。一小時後，探頭再看，仍是大平原，讓一個從小小台灣島來的我，感概無限，莫怪這個國家如此富裕，得天獨厚啊！直到自己定居大平原，才瞭解，大平原並不如當初想像的那麼得天獨厚。事實上，四季氣候變化萬千，冬季酷寒，夏季悶熱，春秋季節，更是龍捲風的故鄉！

大平原的北邊，五大湖，平平坦坦，無遮無擋。冬季，北極的冷氣流，長驅直入，我住的小城，縱使緯度地處南方，也是天寒地凍，下雪結冰，司空見慣。夏季，南方墨西哥灣的暖氣流，夾帶海上濕氣，通行無阻，一路往北直吹，大平原又變成了大蒸鍋，熱氣直冒。季節交換的春秋時期，冷熱兩大氣流，互相較勁，推推拉拉，大平原又成了龍捲風肆無忌憚橫掃的大舞臺。

初進公司，接受安全訓練，主題為辨識警報系統聲響，其中一項即為龍捲風警報，可見龍捲風對當地的威脅，非同小可。有名的好萊塢電影《綠野仙蹤》（The Wizard of Oz），即與大平原的龍捲風有關，電影主題曲〈彩虹彼端〉（Over the Rainbow）更是紅極一時，歷久不衰。當年看此電影時，主觀認為這是神話故事，故事發生的主因，龍捲風，當然更是神話的一部分，誇大其辭，不能全信。後來在此定居，才知龍捲風確實有此威力。美國氣象局把龍捲風強度，分類成六級，從F-0到F-5。零到一級風力，足以摧毀煙囪或從地面拔起移動屋（Mobile home），這也是美國人戲稱移動屋為「龍捲風磁鐵」（Tornado Magnet）的原因，只要最輕級的龍捲風，即可把移動屋從地拔起，可見移動屋多輕易被龍捲風吸走，猶如磁鐵吸鐵。二到三級風力，則能拆毀屋頂或拋擲重型車於空中。四到五級，能舉起一整幢房屋移到另一地點，甚或摔舉數噸重的鋼樑或鏈條重型車。根據紀錄，我住的小城附近，是全美五級龍捲風出現頻率最高的城市。

奧克拉荷馬州有一條東西走向的高速公路，龍捲風特愛延著這條高速公路奔馳，此高速公路也因此被暱稱為「龍捲風走廊」（Tornado Corridor）。高速公路通達到我住的小城，每回龍捲風警報來臨，總讓我提心吊膽，不知自己是否會演另一齣《綠野仙蹤》。

奇的是龍捲風來襲，大都在傍晚或夜間。初初開始時，白天空氣裡彌漫著一股濃濃濕氣，夾雜著塵土的氣息，鼻子可以嗅覺出來，就像大熱天在馬路上灑水的氣味。然後，層層烏雲緩緩壓境，天空漸漸變成漆黑一片，風雨欲來的迫人窒息。風速逐漸加強，遠處天空閃電頻頻，在這種情況下，我都會急急趕回家，緊鎖門窗，打開電視，傾聽氣象報告，瞭解龍捲風在何處，是否朝自己方向奔來，預做準備。

一次，三更半夜，睡夢中聽到一陣急促的叮叮咚咚屋頂敲擊聲，矇矇矓矓，還暗想，小城的春景真是詩情畫意，猶如溫庭筠寫的〈更漏子〉：「梧桐樹，三更雨，不道離情正苦。一葉葉，一聲聲，空階滴到明。」翻個身，想再入夢，叮咚敲擊聲愈打愈密，彷彿「大珠小珠落玉盤」，不只是屋頂，連玻璃窗也被敲擊的叮叮噹噹作響，風聲更呼呼不停。愈想愈不對勁，跳下床掀開窗簾，往外一瞧，後院的大樹，手臂般粗的枝椏被風吹的東倒西歪，玻璃窗緣堆積了一粒粒白雪般的冰雹，原來敲擊聲，由此而來。抬眼瞧瞧天空，天邊閃電連連，雷聲隆隆，愈來愈近。心知不妙，趕緊打開電視，氣象台報告龍捲風正朝小城奔來，睡意一下子盡消，趕緊穿上保暖衣物，找出手電筒、隨身聽、手機、運動鞋，擺在床邊，靜待氣象報告的變化，隨時反應。根據安全教育，龍捲風靠近時，最安全的藏身方式，是用棉被或枕頭護頭，縮躲在無窗無通風口的密閉衣櫥間或浴廁內。常見龍捲風肆虐過的地區，屋子全毀，卻只剩一間小小浴廁或衣櫥孤立於廢墟中，即為最佳證明。我的藏身處，即為離床五步之遙的密閉衣櫥間。

突然，街上響起刺耳警報聲，愈發讓人心驚膽跳，難道是龍捲風已近在咫尺了？緊抱著棉被和枕頭，準備隨時逃避。幸好，氣象台播報員及時報導，我居住附近的警報器響起，是因為風速超過警界點，並非龍捲風到達。一顆懸在半空中的心，才安定下來。如此戰戰兢兢，枕戈待旦，折騰了一夜，龍捲風警報消失後，才倒頭睡下。

隔日上班，同事們紛紛談論昨夜驚魂，家有幼小子女者，根本整晚即睡在密閉衣櫥間內。

翻開報紙，第一版整版報導龍捲風災情，昨夜共有十數起龍捲風襲擊地面，龍捲風過境處，屋毀樹倒，滿目瘡痍。仔細一瞧，離我住處正南方兩條街之外，一棟房子屋頂被摧毀；西邊兩條街外，一座教堂屋頂被傾倒的大樹壓壞，不禁暗嘆，好險！

不數日，全城家家戶戶，修理被冰雹損壞的屋頂，我也打電話找幾家公司來檢視屋頂和估價，都是排期遙遠，只有耐心等待。隔幾日，下班駕車回家，經過一鄰居處，正在大肆翻修屋頂，唯恐被碎片砸到，儘量把車遠離住宅，沿路邊減速慢行。第二天，上班途中，車子發出奇異聲響，停下查看，竟是長釘刺入輪胎，輪胎沒氣了！如此長釘，均為翻修屋頂所用，算是天災導致的一次人禍吧！

天災難抗，龍捲風的威力人力無可奈何，但準確的氣象預報，周密的警報系統，事前的安全教導，的確能減少災情於最小。數年前的好萊塢電影《龍捲風》（Twister）描述的追風者，乃實實在在的無名英雄，每次電視台播報龍捲風氣象時，都會有追風者在幕後用電話追蹤報導。

大平原每年遭龍捲風肆虐數次，災情慘重，無可避免，卻少有人員的傷亡，事前預防的功效，由此可見。

鶯啼燕囀

開車路上，偶一抬頭，數十隻大小一樣的鳥兒，高高低低地停棲在三、四條平行的電線纜上，在天空中譜成了一小節音譜，不禁啞然失笑，誰說不是呢？鳥兒正是這世界上最悠美的音符！

數年前，陽臺上花盆裡突然住進了不速之客，一雙烏溜溜的小眼睛緊盯著我，顯然視我為大敵，卻不展翅飛逃，感嘆牠的勇敢，悄悄退回屋內，默默觀察。好一會兒，另一伴侶飛來，乘牠們交班之際，覷見腹下藏著二粒晶瑩可愛的小蛋。從此，晨昏定省成了我上班前、下班後不可少的功課。可嘆出差回來，鳥去巢空，破成二半的蛋殼靜靜躺在鳥巢裡，陽臺上儘是東一撇、西一撮的黑白鳥糞抽象畫。正在清洗之際，突然瞥見那隻熟悉的鳥兒棲在屋簷下，望著空巢悲鳴。可憐天下父母心，莫不是倚閭望兒歸？感傷之餘，回頭上網買了一本「鳥兒入門」，到底何方鳥兒如此悲悽多情？一查之下，正是那英文名「悲苦鳩」（Mourning Dove）的鳥兒，莫怪叫聲如此悽苦！這鳩兒天生如此叫聲，倒是我自作多情，白白為牠掬了一把同情淚！

既有一書在手，走路在外，眼睛開始往樹稍天空搜尋，見有不識的鳥兒，即回家翻書找名字，鳥兒看多了，才發現鳥鳴其實各有不同的曲調。一不作二不休，再上網訂購「認識鳥鳴聲」的錄音碟片，開始學習辨識鳥鳴聲。從此，天籟頓開，噪音不再，美樂充耳，清晨散步林間小道，遠方高速公路的噪音竟充耳不聞，清晰婉轉的鳥啼聲彼起彼落，世界突然增添了四度空間的美麗！

世間事物美醜不一，鳥兒亦同。烏鴉的叫聲不僅聒噪，姿勢更醜，一叫一縮頭，非常粗拙。反舌鳥（Mockingbird）卻愛作弄這身軀大牠數倍的大笨鳥，常常見牠拍翅圍繞烏鴉身旁，模仿其叫姿和叫聲，煞是調皮可愛！反舌鳥聰慧靈敏，喜愛模仿聲音，書中記載牠唱出的歌聲可達到二百多音符，近年手機充斥，據說還有人聽到牠模仿手機的響樂！反舌鳥最愛在屋脊、樹梢、或電線竿頭歌唱拍翅舞蹈，一舞蹈，尾上翅上的白色斑紋閃爍撩目，不輸那翩翩起舞的花蝴蝶。夏日清晨，我若播上莫札特音樂，總會吸引幾隻反舌鳥在院中拍翅唱歌，不亦樂乎！

一九六〇年反舌鳥在美國大出風頭，刻劃黑白種族歧視的小說「殺死反舌鳥」（To Kill A Mockingbird，台灣翻譯成「梅岡城故事」），不僅為作者哈玻李（Harper Lee）奪得了普立茲小說獎，更讓二年後飾演男主角的影星葛雷哥瑞畢克（Gregory Peck）登上奧斯卡最佳男主角寶座。故事描述美國南方，一位溫文儒雅的白人律師，為蒙冤的善良黑人洗刷清白，反對暴力的律師在稚齡子女眼中原是不嗤的弱者，終了卻成了孩子們心目中的大英雄。書名源自律師教導子女不得隨便射殺反舌鳥，因為此鳥不僅無害，反而能唱歌娛人，影射人不可隨便攻擊無損於己的無辜者，猶若不可歧視無冤無仇的異色膚類。

紅衣主教鳥有紅冠、紅尾、和鑲黑邊的紅啄。

知更鳥胸腹一抹橘紅，昂首闊步於草地上。

知更鳥（Robin）也是美國常見的鳥兒，胸腹一抹橘紅，常見昂首闊步於草地上，或歌唱於樹林間，歌聲上上下下，輾轉動聽。歌劇「蝴蝶夫人」中，女主角日日等著寡情的美國軍官回來，即悲情地唱著：「你答應我知更鳥一築巢就回來，莫非美國的知更鳥，數年才築一次巢？」美國的知更鳥當然是年年築巢！美國人慣用知更鳥築巢隱喻春天的來臨，苦命的蝴蝶夫人不知等了多少個春天，情郎仍是渺無蹤影，真是「無情不似多情苦，一寸還成千萬縷，天涯海角有窮時，只有相思無盡處。」

最動人的美景是大雪紛飛，窗外一片雪白寧靜，驟然飛來一對鮮紅「紅衣主教」（Red Cardinal），公鳥紅冠紅尾紅啄鑲黑邊，氣宇軒昂，在白雪映照下格外耀眼，羽色稍暗但同樣華麗奪目的母鳥，緊隨著美麗的伴侶，郎俊女貌，羨煞人也！此鳥又暱稱「維吉尼亞夜鶯」，其歌聲之美妙由此可想，不僅如此，還會常常發出若金玉相擊的短促清脆聲。一身鮮紅羽毛已是出類拔萃，連啼聲也與眾不同，真是集上天喜愛於一身！

二十世紀初期，西方女媛流行戴鳥羽飾帽，眾鳥飛絕，美國愛鳥之士憤而疾呼，成立奧都邦（Audubon）協會，捐款收購沼澤區，廣植樹林，各色各類鳥兒因而得以倖存。現各州幾乎都有奧都邦協會保留區，曾經拜訪過好幾州的奧都邦區，都是樹林茂密，步道曲折，寧靜幽雅。最熟悉的是南加州奧都邦協會區，每次造訪總不虛此行，散步其內就曾驚遇過卡通影片上常見的「跑路者」（Roadrunner）、成群結隊的火雞禿鷹（Turkey Vulture）、獨傲睨視的紅尾鷹（Red-tailed Hawk）、優雅浮游的白鵜鶘（White Pelican）、金雞獨立的蒼鷺（Heron），更有那歌聲美妙的小黃麗鳥（Yellowthroat）！

朋友中像我如此鳥癡的不多，眾人出遊，嘰嘰喳喳，鳥兒早被驚嚇的無影無蹤，只有暗暗嘆息。可這天賜的寶藏並不自棄，去年參觀梵谷（Van Gogh）博物館，大畫家梵谷竟有一幅「雲雀麥浪」（Lark and Wheat Field）油畫，晴空白雲朵朵，麥田風吹傾搖，一隻雲雀躍舞於波波麥浪上，驚豔於這幅栩栩如生的油畫，不說二話，轉身就去販賣部買下一幅。回到家來，掛在牆上，放上英國作曲家威廉斯（Williams）的「雲雀昇空」（Lark Ascending）小提琴協奏曲，手捧葡萄酒，眼睛欣賞名畫，耳聽美麗旋律，人生享樂也不過如此！一曲終了，眼角竟微微濕潤！

威廉斯的「雲雀昇空」曲，膾炙人口，東方味甚濃，一位不聽古典音樂的美國朋友在我車上聽到此曲，竟言這「中國曲」很動聽。威廉斯譜此曲，靈感於十九世紀一位英國詩人喬治梅瑞德士（George Meredith）的雲雀詩：

牠飛上青天開始翻轉，
丟下一串銀鈴般的聲響，
一環接一環連續不斷，
唧啾嘘嘯滑動抖顫。
直到歌聲響徹天堂，
為大地灌滿了情歡，
然後拍翅漸昇上空，
山谷是牠的金盅，
牠是盅裡滿注的佳釀，
牽引著我們隨牠上升，
直到沉醉於輕幻的鈴聲，
和柔軟如夢的歌聲中！

春夏傍晚，散步住家附近的荒蕪草原，常會聽到草原雲雀（Meadow Lark）在絢爛的夕陽下歌唱，曲調正如詩中及威廉斯樂曲所訴的高昂清亮，銀鈴般悅耳動聽，可見詩人、作家、畫家和音樂家都沒漠視這人間的美妙音樂！

禍水與水禍

中國古代臣子，碰到昏庸無度的皇帝，想罵又不敢罵，頂頭上司嘛，哪能隨意指手劃腳？現代人，頂撞上司，最糟不過捲舖蓋走人；在古代，頂撞上司，可是大逆不道之罪，尤其對象又是手操生殺大權的帝王，縱使掉腦袋，留個全屍，都還算幸運呢！然而，恨鐵不成鋼，又不能不罵，只好指桑罵槐，手指頭轉個彎，對著帝王身邊嬌滴滴的寵妃美女，大罵禍水。注意，是禍「水」，不是禍「金」，禍「木」，禍「火」，或禍「土」。

當然，「禍水」這詞，是有典故的。漢代《趙飛燕外傳》，描寫漢成帝寵愛善舞蹈的趙飛燕，趙妃為了爭奪後宮榮寵，加上旁人在耳邊不斷出點子慫恿，自己東想想西想想，覺得確實需要抓個自己人，合力才能抗敵，於是推薦自己妹妹趙合德入宮。趙合德美豔無比，肌膚白皙，面頰紅潤欲滴，一進宮，左右見之，嘖嘖讚賞，惟有一老宮女，在背後唾曰：「此禍水也，滅火必矣。」原來，漢朝帝國自認屬火，要滅漢帝國，當然只有相剋的「水」了。其實，說漢朝屬火，牽強附會。漢帝國的前朝，秦國，以西方蠻夷之邦，併吞了中原六國，結束了崇尚禮儀文化的周朝帝國時代，怎麼也難讓人心服口服。秦始皇為了安撫六國民心，故意放出天意難違的資訊：不是說周朝屬火嗎？恰恰好秦國就屬水，水滅火，乃天意也。秦朝若屬水，漢朝屬火，當年怎剋了秦朝？所以，帝國朝代屬什麼金、木、水、火、土都是胡扯。禍水，按同理推證，當然也就站不住腳。

其實，水最是純淨大善。老子《道德經》就說：「上善若水，水善利萬物而不爭。處眾人之所惡，故幾於道。」水，是人類最佳榜樣，它不僅善利萬物，而且柔和有彈性，不與任何事物相爭。更甚者，人都喜歡往高處爬，水卻儘往最讓人瞧不起的低處流，最合乎老子的天然「道」。謙卑，利萬物，又與世無爭，大善的水，不早被萬人欺？萬人踐了？的確也是如此，水何辜？無端端地，就被冠上了個「禍」字，拿來罵傾國傾城的敗事美女。世間不平莫過於此！

不過話說回來，人類史上，為爭水源大打出手，屢見不鮮。前一陣，新聞報導，中共與印度和東南亞諸國，就為搶奪水資源，爭議迭起。科學家說，人體體重百分之七十是水份，水是地球生命之源，人類無水不能活。古人說：「匹夫無罪，懷璧其罪。」水既是如此珍貴，也就難免不成禍端了！為搶水，人們能大打出手；萬沒想到，爭不要水，也能傷和氣。水，終究還是禍源。

初搬入新居，前後左右都是空地，吾家新房，唯我獨尊，矗立在一片荒原之上，雖有點孤寂，卻也安安穩穩，沒啥差錯。慢慢，左鄰蓋起新房，跟吾家以木籬笆比鄰而居，平時見面隔牆揮手招呼，倒也融洽。左鄰設想周到，埋有自動噴水裝置，每日固定噴水，草坪綠油油，比吾家草坪更賞心悅目，有鄰如此，夫復何求？不然，漸漸發現緊鄰籬笆的草坪，大熱天出太陽，也積水。當年，中西部幾州正在流行西尼羅河（West Nile）病，傳媒為蚊子，院中任何積水都被教導要盡力清除。我遵行教誨，每個週末手持鋤頭，汗滴禾下土，剷平表面土壤，希望積水能循著低處自動排除。無奈徒勞無功。仔細觀察，原來，積水來自過量的自動噴水，鄰居房子後蓋於吾家，填土比吾家高，水往低處流，全流到吾家院子來了。

趁著夏夜，家家出來散步之際，跟鄰居曉以大義，鄰居虛心接受，同意減少噴水量設定。之後，情況雖稍有改善，積水仍難盡除。既然不能一勞永逸，就不再學大禹的疏通治水方法，乾脆反其道而行，治標不治本，效法大禹老爸鯀之法，不時填土入積水處，防蚊蟲滋養。

隔年，右鄰也蓋起來了。社區土地原本由左往右傾斜，左鄰比吾家高，吾家又比右鄰高，右鄰一蓋起來，院子裡堆土反高於吾家院子，與右鄰相隔的木籬笆牆腳，也開始積水，甚而比左牆還嚴重，左右兩家院子的水全灌到吾家，吾家成了排水溝啦！《孟子》〈告子下篇〉記載，魏人白圭曰：「丹之治水，也愈於禹。」孟子曰：「子過矣！禹之治水，水之道也。是故禹以四海為壑，今吾子以鄰國為壑。水逆行，謂之洚水。洚水者，洪水也，仁人之所惡也。吾子過矣！」魏國人白圭洋洋得意，自以為比大禹還能幹。殊不知，大禹以四海為排水溝，人人稱善；白圭卻以鄰國為壑，過矣！現今，左右鄰居都以吾家為排水溝，孟子尚且不認可，孰可忍，孰不可忍？本想上前敲門理論，再思老爺子常跟鄰居借工具，大家相處融洽，怎好撕破臉？好吧！自認倒楣，儘量讓積水遠離房基，院牆腳積水總比房基積水好，只有捨卒保帥了！

如此苟延殘喘幾年，終於一年冬季大雪，院中積雪久久不退，來年春季草根浸水腐爛，原本綠油油的後院草坪，一片枯黃泥濘，腳不能踏。無奈，只得花錢找人來治水。與幾位商家討論結果，發現大禹的疏通方法所費不貲。貪小便宜的邪惡之心頓起，詢問商家：何不運些堆土，把吾家院子全填高？我也要以鄰為壑。商家一聽，搖頭呵呵大笑，告訴我，此違反美國法律，商家萬不能知法犯法，與我共犯。嗟乎！原來美國人也懂孟子學說。羞愧之餘，只有忍痛掏腰包，循規蹈矩地挖溝治水吧！

吾家院子排水治好，隔沒多久，右鄰也自動找人治水，兩家都不以鄰為壑，事情就如此和和氣氣地解決了。好險！「忍一時，風平浪靜；退一步，海闊天空。」誠為真理。水，只要好好治理，就不是禍水，也就不成水禍了！

有情世界無情天

我喜愛觀察動物，因為動物表現出來的動作純樸自然，毫無做作，完全出於本性。那些動作有時惹人失笑，有時感人肺腑，有時更能發人深省。不過，我都只敢遠遠觀察，絕不上前互動。

一次，到泰國旅遊，看到一隻皮毛健康、花紋美麗的老虎，靜靜伏臥在馴獸師身旁，完全不是動物園裡「虎落平陽」來回不停踱步的焦慮籠中獸，而是隨時可騰躍襲擊人類的自由虎。不知死活的我，徵得馴獸師同意，稍稍靠近想與猛虎合照。突然，一股怪異的虎風迎面襲來，我頓時膽寒心驚，馴獸師馬上舉手示意要我止步。老虎靜伏在那兒動都沒動，連頭也未轉，我就感覺到虎威的震撼，讓我驚訝不已。從此，不敢再與難以預測的任何野生動物互動。

吾家後院，常有野兔在花草樹叢中，飛奔跑跳，一閃而過，總讓我想起〈木蘭詩〉裡的詞句：「雄兔腳撲朔，雌兔眼迷離。雙兔傍地走，安能辨我是雄雌？」我很想印證詩句，抓一隻野兔來辨雄雌，兔子個性溫馴未俱任何兇猛武器，於我毫無威脅。但是，旅遊得來的經驗，加上專家們耳提面命的提醒，野生動物易於傳播疾病，只有強捺好奇心，與野兔保持距離。其實，野兔天生為自然界掠奪者的食物，機警防衛，也不會讓我靠近，因此，我從來不期望自己跟野兔有任何牽連。然而，意外地，還是與野兔發生了一連串愛恨交集，撲朔迷離的事件。

先是，我汗滴禾下土，辛苦埋種的蕃薯，好不容易長出了一叢叢綠油油的嫩葉。當時，興奮期待，日後可隨時採食新鮮菜葉，下鍋煮食健康美味的涼拌蕃薯葉。豈知，隔幾日，蕃薯葉被啃食殆盡，一隻野兔悠然在旁，嘴巴仍咀嚼不止，人贓俱獲，恨得我牙癢癢的，奮力趕走野兔，蕃薯葉已是片葉不存，回天乏術。一位同事曾跟我細述，為了維護菜圃裡的菜蔬，與野兔辛苦鬥智，結果，自己累得精疲力竭。我不想重蹈他的覆轍，日日與畜牲纏鬥，就把蕃薯種在花盆裡，放在高高椅子上。隔一陣，見椅子受風吹日曬，又恐椅子受損，暗忖，花盆頗高兔子應該無法觸及，就又把椅子移開，花盆放回地面。第二天，花盆裡的蕃薯葉全軍覆沒，一葉不存。當然，又是野兔的傑作。後來，又種了其他花草於盆內，都逃不過野兔咀嚼不停的嘴巴。無可奈何，從此不再種植任何盆栽，反正，就是不想與野生動物有任何瓜葛。

一年冬季特別酷寒，隔年早春，在後院修剪枯枝時，赫然發現一隻僵硬的野兔屍體，身後還躺著兩隻氣絕皮毛尚未生的初生小兔。似乎，野兔母子在生產過後，活活被凍死。看著三具僵硬的屍體，我突然悲天憫人為野兔傷感。野兔面對自然界掠食者的利齒利爪，毫無還擊之力，只能時時躲避，還要遭受酷寒氣候的考驗，天地對此動物，何其無情！

以後，再看到野兔，我開始用蘋果核餵食。每日清晨，我把蘋果切開，不吃的蘋果核切下，丟在後洋臺地板上，下班回來後，蘋果核已不見。週末在家，從窗口偷望，一隻野兔機警地聞聞嗅嗅，然後慢慢啃食蘋果核，吃得乾乾淨淨。每日清晨切蘋果核給野兔吃，成了我生活的一部分。有時，蘋果沒了，下班後，我會特別繞到超級市場買蘋果，供明日清晨用。如此人畜和平相處了數個月。

復活節來到，氣候回溫，煦陽普照，後院除了那隻常來吃蘋果核的大野兔，還多出了三隻小野兔，我驚喜萬分。我猜，三隻小野兔是大野兔的子女。野兔們在後院奔跑追逐，似乎是全家出外野餐，歡歡喜喜。我特別切了整粒蘋果給一家子吃。同時觀察到，其中一隻小野兔瘦骨嶙峋，後腿稍跛。

以後，大野兔不見了，只有那隻後腿稍跛的小野兔出現在後院，我仍是每日切蘋果核，丟在後洋臺地板上，小野兔也是吃得乾乾淨淨。週末，我起身較晚，丟蘋果核時，偶而與小野兔打面照，小野兔比大野兔鬆懈，看到我，只逃躲到角落等待，我一進屋，就急急跑前吃食，似乎很放心我。我後來猜測，可能兔媽媽特別照顧這隻有缺陷的小兔，把自認最安全的吾家後院地盤，讓給了羸弱的跛腳兔。

冬季，小野兔獨自躲在洋臺地板邊的忍冬樹叢下禦寒，一場舖天蓋地的大風雪來襲，後院一片雪白，風景美則美矣，卻苦了野兔。銀白一片，讓灰色野兔失去了偽裝的背景，出外覓食格外危險。加上，白雪覆蓋，兔子也無法找到引以為食的草本植物。野兔竟日躲在地板邊，我每日除了丟出往常的蘋果核外，另加葡萄乾、花生米、餅乾、胡蘿蔔等，希望足夠牠一日禦寒的能量。地板上的食物，都被牠清除一盡，顯然在寒冬無處覓食的情況下，野兔什麼都吃。有時，鳥兒來爭食，野兔也不在意，和和平平地與鳥兒們共用，好個溫馴的動物！

天氣漸暖，綠草如茵，我不再供應雜食，只維持野兔喜愛的蘋果核。野兔倘佯在後院的時間愈來愈長。有時陽光下，四腿長伸，腹部著地，輕鬆自在的趴著，不再是拱背縮腿，隨時準備跳脫的警備狀態，縱使我開門出去，也不改變姿態。顯然，野兔已把吾家後院，當成了安全舒適的家。

一次，出外旅遊兩週回來，草坪乾枯，我拿著水管四處噴灑，打開籬笆門，準備往前院走去，馬路對面的一隻野兔，突然橫跨馬路飛奔而來。我一見，暗忖，這隻野兔大概有近視眼，沒看到我吧？哪有膽小野生動物朝人類衝來的？豈非自找死路？然而，野兔飛衝到我腳邊，驟然停下望著我。我可以清楚看到野兔渾身肌肉在顫抖，似乎按捺著極大的懼怕，但牠一點都沒有離開的意圖。我感動莫名，原來，牠在歡迎我？兩週末見牠想念我了？我緩緩轉過身走回屋內，切蘋果核，丟到洋臺地板上，牠並沒有馬上來吃。所以牠並不餓？牠不是為了食物而靠近我？我更加感動，從未想過野生動物會對我有情。

日子回復到往昔，我切蘋果核時，都會刻意多切些果肉。有時，沒了蘋果，看牠在院中，就丟出胡蘿蔔，牠也靠近來吃，但吃的不多，胡蘿蔔總要兩、天後，才會吃盡。顯然，胡蘿蔔並非牠最愛，但不想辜負我的好意，牠仍意思意思吃一下。我若在後院澆水，牠也不逃脫，只是換個角落休息，儼然就是家庭寵物的行徑。其實，牠比寵物更方便，我若出外旅行，根本無需擔憂，牠能自行解決食物問題。

我又開始在花盆裡種蕃薯葉，也種木瓜，花盆都擺在洋臺地板上，野兔不再吃花盆裡的嫩葉，牠只吃後院草坪的草，或花圃內的嫩葉，牠似乎知道花盆是我精心栽種的東西，不能破壞。我從沒想到野生動物也能瞭解人類的心思。

美國諺語：「蘋果一日一粒，醫生永不靠近（An apple a day keeps the doctor away）。」無形中，野兔逼我每日吃蘋果，強健身體。與野兔為伴成了習慣，日日眼望窗外，觀察野兔行蹤，後院景觀變得活潑有趣。

然而，最近野兔不見蹤影，放在洋臺地板上的蘋果核，也數天原封未動，後院一片死寂，我悵然若失，總想到李後主的詞：「寂寞梧桐，深院鎖清秋」。然後，見到一隻老鷹，反常地棲息在隔鄰屋頂上，野兔的生命和去向撲朔迷離，我無法知曉。

讀過一首對聯：「天若有情天亦老，月若無恨月長圓。」老天對溫馴的野兔，十分無情，達爾文的「物競天擇」，非常殘酷；我與野生動物的一段情，也如天上明月，有恨無長圓。

童年狗語

《莊子秋水》記載，莊子與惠子遊於濠梁之上，莊子看到儵魚在水中游，就嘆：「儵魚出遊從容，是魚之樂也。」惠子聽了不同意，回辯：「子非魚，安知魚之樂？」莊子問：「子非我，安知我不知魚之樂？」惠子答的妙：「我非子，固不知子矣；子固非魚也，子之不知魚之樂，全矣。」這是最佳的辯證法：我不是你，固然不知你；你也不是魚，所以也不知魚之樂，證明完畢。看看，人是否世上最複雜多事的生物？自己喜歡胡思亂想也罷，還要替其他動物也胡思亂想，最後還要詮釋其喜怒哀樂。不僅如此，還要強辯。

不過，為求生存計，對動物的「怒」，確實需要小心翼翼。一次，開車進野生動物園觀賞，一大群黑漆漆的野犛牛擋路，身軀重量堪比轎車的野犛牛就近在車窗外，一對對銅鈴般的烏黑大眼睛瞪著車子，瞧不出是喜是怒，歡喜拍照之餘也頗為心驚膽跳。進口處明示，遇到野犛牛務必小心，切莫驚嚇到牛群，否則牠們蠻勁一發，連車都會給你撞翻。對這些面無表情、無言語表示情緒的動物，怎麼詮釋其喜怒哀樂呢？實在傷透腦筋！也因此，對能以搖尾巴表現喜樂的狗兒特別獨愛，簡單直接易懂嘛！

年少時家住臺北，母親從鄰人處領養了一隻毛色黃白相間、可愛的小花狗崽子，毛茸茸，胖嘟嘟，短短小腿，尾巴直搖，吠聲清脆悅耳，人見人愛。日久長成大狗，發現這狗兒，狗仗人勢。有家人在場，見到無關緊要的過路人，也胡亂窮追狂吠。無人在場，陌生客人進門，嗚咽躲在桌下，毫不盡作狗應盡的義務。更令人氣憤的是，我們兄弟姐妹四人輪流替牠洗澡、溜達、餵飯，見到我們放學回家，竟無久未相見的狂喜，只是應酬似的搖一兩下尾巴。有時正巧牠躺在地上，那就連站起來迎接的儀式也免了，懶洋洋的瞄你一眼，尾巴稍動如此而已。只有餵飯時，繞著你直蹭直跳，尾巴搖的彷彿屁股都要掉下來，真是勢利之極。但，早已成家中一員，遇「狗」不淑，奈何？

不久，父親工作外調，全家搬到鄉下，寬敞的庭院內建有數個防空洞。狗兒如魚得水，經常在庭院裡狂奔亂吠，洞內鑽來鑽去自得其樂，早把人類丟在一旁，我們成了餵飯的僕人，連陪我們玩的興致都沒了。

隔一陣，住南部的姨媽例行攜表姐北上，來家中度暑假，順便帶來一隻毛色漆黑的長毛狗。據說原是一對狗兄弟，表姐恨這隻狗弟弟太刁蠻，老是欺負老實的狗哥哥，乃攜來送我們。原來，動物還有「先入為主」佔地盤的禮儀，被表姐視為刁蠻的黑狗，來到咱家馬上對花狗稱臣。兩隻狗似乎自有約定，花狗有優先權選擇喜愛的防空洞為窩，黑狗一見花狗進入其中一個防空洞，牠就乖乖選另一防空洞當窩。每天餵食，一模一樣的飯菜和飯碗，花狗吃到一半，惟恐主人偏心，就要換吃黑狗的飯，黑狗就得乖乖禮讓。以後，兩隻狗中途換碗吃食變成例行公事，倒也公平。

然而，漸漸我們都比較偏愛黑狗，因為牠比較有狗性。平日，花狗沒事在院中亂吠，黑狗就上前咬牠耳朵，然後兩狗互咬互鬥，瘋玩起來，花狗也就忘了吠叫這碼子事。顯然，黑狗在教導花狗如何辨識善惡，別老「狼來了」亂叫。陌生客人進屋，黑狗非常勇猛，一馬當先，一步步前進狂吠，嚇得客人頻頻後退，非我們喝叱，絕不停止。花狗則在黑狗身後，跟著作勢吠叫兩聲，還邊叫邊退，令人搖頭嘆息。晚上睡覺，黑狗見花狗在前院，就聰明地自動往後院守後門；反之則睡前院，克盡看守家門的職責。我們放學回到家，黑狗必是又奔又跳、猛搖尾巴地前來迎接，不格外喜歡牠，也難！不僅如此，黑狗還會「狗拿耗子」。我就親眼見牠在防空洞裡，追進追出，逗著小老鼠玩，咬著老鼠東甩西拋，活活把老鼠玩死。花狗則在事後前來嗅嗅，吠叫兩聲，宣佈黑狗得勝了事。兩相比較，忠與不忠，好與不好，立見分曉。

老爸也特別喜愛黑狗，因為帶牠出外散步，牠會乖乖地跟在老爸身後，亦步亦趨，無需多費心神。花狗則到處亂逛亂嗅，叫也叫不回，一轉身即不見蹤影。常常散步回來，花狗不見了，還得勞動全家大小出外尋找。我們就會帶著黑狗去尋，牠必能帶我們到花狗處，然後猛咬花狗耳朵，似乎在耳提面命，諄諄教誨。

偶爾，我做錯事被母親責罵，個性倔強的我死不認錯，母親就不理不睬，連吃飯也不叫，家人也不作聲。這時，我獨自啜泣，不時聽到家人在飯桌上歡笑暢談和碗筷碰觸菜盤的聲響，那種被全家人拋棄漠視的感覺，實在難受。唯有黑狗，此時會前來搖尾舔吻安慰，小小心靈頓覺全世界只有黑狗最能瞭解我。

少年生活，就在替狗洗澡、溜狗、玩狗、觀察狗兒玩耍中愉快渡過。升上高中，搬回臺北，課業日益繁重，每日早出晚歸，批星載月回家，一進巷口，就聽到黑狗狂喜的吠叫聲，溫馨的感覺即刻湧上心頭。

一夜，回到家中見父親涕泗縱橫，痛罵鄰居傭人沒知識。原來鼠輩們不敢在吾家肆虐，都竄到鄰居家處，鄰居傭人乃用鼠藥毒鼠，卻不懂預防無辜無知的狗兒偷吃。黑狗吃了鼠餌，一命嗚呼。看著眼睛緊閉，靜靜躺在地上，尾巴不再動搖的黑狗，眼淚撲漱漱流下。花狗後來數年落寞獨行，老死終年。此後我們不再養狗。

來美後，學業、家庭兩頭忙，孩子年幼時，吵著要養寵物，問她們是否願意負責替狗洗澡、溜狗。孩子們就改求養貓，曾經愛過狗怎會喜歡貓？爭論半天，結果養魚。最後苦了我這老媽，經常清洗魚缸，怨聲載道，魚兒又老是翻肚死亡，興趣全失，從此不再飼養寵物。

孩子上了大學，一個個搬出家門，時間一下子多出一大把，又興起養狗的念頭。然而，夫妻經常出國旅遊，又都與朋友們一起，哪能找到不去旅遊的朋友代看狗？只好打消念頭。

數年前，鄰居砍伐野籐，鼠輩亂竄鑽進吾家，不得不宣告一場轟轟烈烈的衛域之戰。隔幾年，又有鼴鼠來侵擾吾家草坪。奇的是，左右鄰居都沒事，唯獨吾家老是受難。一番觀察分析，原來右鄰居有一大群小孩，還包括一個連狗都討厭的兩歲男頑童，整日在院前院後奔跑戲耍，鼴鼠哪敢前去送死？左鄰居則養了兩隻狗，無需贅述了。吾家草坪，兩老偶而除除草，平日安靜無聲，鼴鼠不來此處肆虐更尋何處？幾次遭鼠輩騷擾，不禁勾起對黑狗的懷念。狗兒，真是家中寶啊！

e世代的困擾

英國大文豪狄更斯（Charles Dickens）在名著《雙城記》裡的名句：「這是最美好的時代，也是最糟糕的時代；這是智慧的年頭，也是愚昧的年頭；這是信任的紀元，也是懷疑的紀元；這是光明的季節，也是黑暗的季節（It was the best of times, it was the worst of times, it was the age of wisdom, it was the age of foolishness, it was the epoch of belief, it was the epoch of incredulity, it was the season of light, it was the season of darkness.）。」用來形容嬰兒潮出生的一輩，歷經高科技e革命的現代，最恰當不過。

我讀書上學的時代，只有課本和一顆記憶的腦袋，自幼苦背九九乘法表，然後記誦古詩和論語，計算數學用一枝筆和一張紙，一切靠腦和靠手。從小緊握鉛筆寫字，手指頭留有一團厚繭。我寫的中文字，扭曲如蝌蚪，自己看了都討厭，很多人都說「字如其人」，我常想，我的個性若像寫的字那麼彆扭，真該早早跳太平洋，替社會消除一醜。

進入大學，校園裡最摩登、最漂亮的大廈，是計算機中心，裝備有學校引以為豪的龐大電腦。大廈裡乾乾淨淨，冷氣二十四小時運轉，地板一塵不染，光可鑑人。那時，非要到高年級，才能有資格選修電腦語言。進出大廈的學子個個昂首闊步，不可一世，其實，也不過是進出大廈收送電腦卡片罷了。所有電腦語言，一句打一張卡片，卡片上坑坑洞洞，藏著不可告知的密碼。一共進出大廈五、六次，更正再更正，耗時一學期，才計算出我五秒鐘內都能心算出來的數學式。當時，懂得用電腦，是了不起的先進，人人欽羨。

然後，留學美國，設備又比較先進些了。圖書館裡，電腦螢幕一排排，莘莘學子個個坐在螢幕前，測試自己書寫的電腦語言。解題也高深多了，用數值分析方法尋求微分方程式的解答。方程式早已有解，電腦答案不過是測試邏輯的正確性罷了，兩者答案不會一模一樣，僅有極小的差值，小數點後頭帶好幾個零的極小數字，就像百貨公司裡的大拍賣價格，總不會整數，都是數字後面拖泥帶水的跟著小數點九九元。我坐在電腦桌前，熱切地看著自己作品當場測試，數秒鐘後即可分曉，或者一大堆錯誤訊息，或者一行簡潔完美的答案。

經常，作完作業後，抬頭揉眼看看窗外，天色已是一片漆黑。環顧四周，其他同學個個聚精會神，眼觀電腦螢幕，一動不動，彷彿被武林高手點過穴道的凝固人。圖書館裡燈火通明，無人閒聊或偷懶，個個埋頭苦幹，讓我想起歌劇《杜蘭朵公主》裡，異國王子高歌〈公主徹夜未眠〉的一齣戲。杜蘭朵公主為了查明陌生王子的身世，全宮殿雞飛狗跳，徹夜未眠，王子感嘆而高歌。見別人仍辛苦找尋電腦答案，自己已完成作業，不禁幸災樂禍，心中高歌，你們要徹夜未眠矣！當時，自以為自己站在時代的先端。

然後，個人電腦開始普及，緊接著又出現蘋果電腦，不必再記憶電腦指令了，小老鼠點點點，即可打開另一螢幕。電腦內，甚至有電子遊戲，電腦功課作累了，還可以玩玩遊戲，抒解壓力。然後，無線電手機出現，手提電腦上市，iPod風行，iPhone流行，iPad大賣……，零零總總，擾得人眼花撩亂。以往，十數年，電腦才跨一大步；如今，一年裡數十種電腦產品，爭相問世，跨十幾步，日新月異，忙得我昏頭轉向。突然，我們這一代的腳步，趕不上e世代的飛行了，我們在時代的後端，追趕得氣喘如牛，孩子們開始嘲笑我們是電腦白癡，我們不再是年輕一輩解決問題的百科全書，反過來，我們得靠年輕人替我們解決電腦問題。

一則笑話，一位老先生遇到電腦困難，請隔壁鄰居的九歲小娃來幫忙，小朋友在電腦上點點點，問題就解決了。老先生好奇問：「到底哪兒出錯了？」小朋友答：「ID拾T錯誤。」老先生一頭霧水，仍故作聰明狀：「啊！ID拾T錯誤，那是啥？如果下次再發生，我自己應該能解決了吧？」小朋友露出詭譎的笑容：「您沒聽過ID拾T錯誤？寫下來，您就明白了！」轉身走了出去。老先生拿出紙筆，依樣寫下：「IDIOT（白癡）。」e世代電子用品一出現，所有老人都成了白癡！

在工作和生活上，我已離不開電腦，每次比爾蓋茨（Bill Gates）的公司換裝新軟體，找不到自己往常熟悉使用的工具，就忍不住破口大罵，這些軟體工程師真是沒事找事幹，為什麼無緣無故把既有的軟體改頭換面？本已得心應手的工具，又得花時間重新適應。我既惱怒電腦，又愛死電腦。有了電腦，寫文章用打字，我那彆扭的手寫爛字，不再是心有千千結的羞人問題。電腦打字，又漂亮又整齊，字句還可以隨意挪來挪去，試著以何種方式組合，最為順口。這點，我絕對舉雙手為電腦歡呼！

更方便的是，任何疑問上網路打入關鍵字，立即一堆資料出現。找資料不用再上圖書館，窮翻書猛找。也因此，經常有莫名其妙的怪異網路消息傳來，真真假假，擾人又惱人。判斷真假，耗時又耗力，有時甚至引起不必要的恐慌。電子設備，本應幫助人類省時間，現在，卻消耗更多時間來分辨真假。

一切資料都存在電腦裡，不需再用人腦來記憶。電話號碼，全存在電腦和手機裡，每次，有人問我或外子的手機號碼，我都張口結舌，結結巴巴，無法確認，必得進入電子設備尋看，才敢百分之百確定。明知如此依賴電子設備，有失允當，卻是惰性難改。自問，難道要回到往昔，啥事都靠自己腦記？既然要跟上時代的腳步，使用新世代的e武器，還需保留自己當年的老舊武器嗎？

任何事物，總是一刀兩面，有好也有壞。e世代的先進設備，既是極好用的美妙工具，卻也是攪亂一池春水的惡毒武器；既是智慧的寶庫，也是愚昧的根源；人類可以信任它，也不能信任它。兩百年前的大文豪狄更斯先生，天縱英明，早已說出了咱這一代的困擾了！

旅遊

無夢到徽州

徽州，是母親的故鄉，一個讓她牽腸掛肚的美麗地方；於我，徽州不過是母親口中，一個天方夜譚的陌生地區，它從未進入我的夢中。史載，名劇《牡丹亭》作者湯顯祖因指控徽州人許國竊權欺蔽，遭皇帝罷黜，窮困潦倒，意興闌珊，眾人雖讚黃山和齊雲山美，他一步也不踏入徽州，詩曰：「欲識金銀氣，多從黃白遊。一生癡絕處，無夢到徽州。」黃指黃山，白乃古稱白嶽的齊雲山，詩中隱喻黃金白銀，與黃山白山暗對，可見他對當時政治腐敗的失望。許國官大權大，在徽州還留有一座皇帝恩准的四面八柱顯赫牌坊。此次，若非外子執意要一償宿願，登他夢寐已久的黃山，順道探訪徽州，我恐也將如劇作家湯顯祖一般，漏失這靈山秀水的古地方。

母親早逝，當年荳蔻年華離鄉背井逃難，未曾再見故鄉一眼，即魂喪台灣。幼年時，偶而聽她講述家鄉事，好動無耐心的童子哪能體會？那些陳年往事，早像斷了線的風箏，無影無蹤，未在我記憶裡，留下一點痕跡。踏入安徽縣境，仍無知無覺，人說近鄉情怯，我哪有什麼情？直到梅乾菜入口，一股不知名的衝動，突然湧入眼淚，這不是母親常做的菜嗎？原來她眷戀的，是家鄉味呀！當年年幼的我，哪懂這濃濃的鄉愁？那道梅乾菜跟母親的手藝，難相比擬，我仍滿盤下肚。此後，每餐都有梅乾菜，徽州人還用梅乾菜做燒餅餡，我卻絕不下箸，怕的是那勾起的思母情。

穿梭民居巷弄間，高高的白色粉牆，上頭堆積了密密麻麻、層層疊疊的細片黛瓦，導遊說那是多子多孫的象徵。其實，那是徽州人的細膩，單調的白牆鑲上一條細細的黑邊，多美！更何況，日後瓦片若有破損，貨源不愁，隨手可得，修補無慮。徽州古村莊，屋子高低不一，鱗次櫛比，錯落有致，微微翹角的屋脊線，柔和了建築稜線的筆直僵硬，顯出徽州商人八面玲瓏的經商哲學，就有楹聯道：「遇事虛懷觀一事，與人和氣譽群言。」

造訪時，正是油菜花盛開季節，一片嫩黃花海，賞心悅目，徽州人勤勞。古村莊前，水塘環繞，影映波漾，如詩如畫，徽州人有品味；戶戶屋頂，突出醒目的馬頭牆，防盜防火，徽州人聰明；屋內精雕細琢的木門窗，精美豪華，徽州人懂藝術；滿廳滿堂的書畫楹聯，知書典雅，徽州人儒雅。徽州商人力除市儈，崇尚讀書，楹聯：「讀書好，營商好，效好，便好；創業難，守成難，知難，不難。」徽州人睿智明理。

君主專權時代，民居的氣派不得超越皇室，那就著工於內室吧！睡床雕刻極盡精美細緻，美輪美奐。同行朋友讚嘆，紫禁城內的睡床恐怕也沒如此講究吧？徽州人懂世故、知內斂，讓皇帝去講究氣派，咱平民百姓講究精緻，日子過得比皇帝還享受、還舒適！

參觀古徽居，從廳堂到內室，須穿過一條狹長黑暗的通道，行走其間，記憶突然像閃電般襲來。孩提，放學回家第一件事就是找母親，母親若非在廚房，必在鄰居家。鄰居們的房子，或是日式建築，或是古式台厝。日式建築方方正正，各房間採光通風均等，我家即如此。台厝則酷似徽州建築，門面窄，屋進深，前廳擺八仙桌，一條長長狹窄的漆黑走道，通往後面廚房。鄰居妯娌們聚在廚房天井邊，或工作、或休閒，母親常倚著門與鄰居聊天。孩童對黑暗有莫名其妙的恐懼，每回在台厝鄰居處找到母親，忍不住抱怨，母親就回答：「安徽老家就是這個樣子。」今日才恍然大悟，原來鄰居的台厝格局，慰藉了母親的思鄉情。

徽州受程朱理學的影響，女人被要求貞節柔順，母親可能也受了洗禮，個性雖堅強，對父親卻是徽州女人的柔順。父親不是重男輕女的徽州男人，但出生軍旅性情急暴，練得一付大嗓門，發怒時咆哮大吼，十里外也聽得見，左右鄰居聞聲喪膽。他發脾氣多半為找不到要用的東西，我們小孩常拿了東西不歸位，他也不知誰是罪魁禍首，只會暴跳如雷。我們深諳其性，裝傻不認罪，避而遠之，不言不語他也不知如何追究，結果都是母親四處找尋，消了他的氣。母親不輕易動怒，她要跟我們算帳，關起門來口中輕聲細語罵，手上竹子不停往我們腿上、屁股上甩，我們的哭喊聲比她的罵聲還驚天動地。

徽州男人從小被逼著出外經商，諺語：「前世不修，生在徽州，十二三歲，往外一丟。」女人留在家裡，獨撐一片天，不堅強也不行。母親是堅韌的，在台灣，填寫銀行取款單，金額需用中文大寫字。她因逃難失學，沒學過不會寫，就用我們小學剩下的練習簿，囑我寫上所有

①

② ③

① 徽州古村莊水塘環繞，影映波漾，如詩如畫

② 徽州人的睡床雕刻極盡精美細緻

③ 徽州有名的貞節牌坊群

數字，她像小學生般，一筆一劃模仿描著書寫，寫了滿滿一本。母親逝世後，我整理遺物，看到那本藏在五斗櫃抽屜裡，寫著密密麻麻中文數字的練習簿，想像每日趁我們上學後，母親利用空檔埋頭苦練的情景，忍不住淚流滿面。

徽州的山，高峻靈秀；徽州的水，清澈和緩；徽州的女人，如山般堅韌，如水般柔順。遊徽州歸來，對母親的思念久久不散。多希望母親還在，再次聽她細細講述徽州的故事。

播種者

奧克拉荷馬大學（University of Oklahoma）的校園門口，矗立著一尊黑色銅雕，每次開車經過，我的眼光總被緊緊吸引，無法不注目欣賞。雕塑是一位農夫戴著寬邊遮陽帽，右肩負著布口袋橫跨至左下腰，頭微揚望著遙遠前方，右腳往前邁大步，左手撫口袋，右手往外撒種子，稱之為「播種者（Sower）」。每次看到雕像，總讓我讚嘆不已，雕像的構圖極為藝術美妙，姿態生動，活力十足，感覺無限希望。

後來我得知，雕像的面貌是該校的第一任校長，近看雕像的臉，確實不像農夫，上唇留著修飾整齊的短髭，文質彬彬的學者氣質，哪是農夫？學校用校長比喻播種的農夫，象徵創辦大學猶如播種者，將知識與智慧傳種於年輕弟子的心田裡。知道雕像的意義後，讓我更加佩服的五體投地，雕像那邁步撒種的影像，深深刻印在我的腦海裡。退休離開奧州前，我還專程開車去拍照雕像，留作紀念。

不過，我心中一直有個疑團，美國地大物博，農夫們都用機器耕農，有可能如此步行用手撒播種子嗎？雕塑的構圖到底從何而來？或者這是古代的農夫？聽說，基督耶穌曾以農夫撒播種子譬喻傳道，奧克拉荷馬州位於美國的「聖經帶（Bible Belt）」，州民篤信基督。而韓愈老夫子又說過：「師者，所以傳道、授業、解惑也。」師之傳道與古式撒種相近，有可能吧？如此解讀似乎有點牽強，因為農夫的裝束根本不是上古的衣飾。一直到最近旅遊法國，我才恍然大悟。

外子和我到法國北部旅遊，最後一站是巴黎，旅行社用巴士載著我們逛遊巴黎一圈後，留一日供大夥在巴黎自由活動。我費盡口舌，說服老爺子捨巴黎市區摩肩擦踵的觀光，改去巴黎郊區的楓丹白露（Fontainebleau）參觀。一方面法國王室的楓丹白露宮，鼎鼎大名早已久聞；另一方面，同行的朋友已先前拜訪過楓丹白露附近的巴比松（Barbizon）小鎮，印象極佳，我也嚮往一訪巴比松，參觀法國大畫家米勒（Jean-François Millet，1814-1875）的畫室。

楓丹白露宮乃法國從十二世紀的路易七世到十九世紀的拿破崙三世，世代王室居所，豪華瑰麗，自不在話下。拿破崙一世對楓丹白露宮更是情有獨鍾，特地邀請當時羅馬教宗，千里迢迢旅行至宮中，為其加冕稱帝。城堡內的一磚一瓦，不僅寫盡法國王室的歷史，更道盡拿破崙的興衰史，拿破崙最後也是在楓丹白露宮簽署退位書，即歷史上有名的「楓丹白露條約」。

楓丹白露著名的，不僅僅是法國王室的歷史，附近小鎮的巴比松畫派學院（Barbizon School）更吸引我。參觀後，才知巴比松畫派在歐洲藝術發展史上，其實承當了極重要的角色。我們以往參觀許多歐洲古蹟建築的藝術傑作，美不勝收，嘆為觀止。然而，內容都繞著宗教或歷史故事打轉，油畫更是以王公貴族們的畫像為主。也難怪，古代沒有照相機，畫筆是唯一能替人類留下影像的工具，也唯有富裕的王公貴族們，才能負擔起畫家們昂貴的作畫費用，精品佳作自然而然就局限於王公貴族的畫像和教堂的裝飾。譬如，達文西的〈蒙娜麗莎〉、〈最後晚餐〉，和米開朗基羅的〈創世紀〉、〈最後審判〉等等。畫家們的為五斗米折腰，題材完全被上層社會的教會、貴族、和富人們所左右，直到十九世紀巴比松畫派學院出現，畫畫的題材才脫離桎梏，畫家們手握畫筆，走進田園與平民百姓的日常生活裡，以自由意識和銳利的觀察眼，決定作畫的題材。歐洲畫風因之一轉，作品題材也開始動人心弦，大放異彩。受巴比松畫派的影響，有了後來的印象派和後印象派的畫風，譬如，印象派的莫內（Claude Monet）和後印象派的梵谷（Vincent Van Gogh），都深受巴比松畫派的影響。

巴比松畫派學院的啟蒙者，乃英國田園畫家康斯特勃（John Constable）。巴比松小鎮把巴比松畫派學院的數幅名作，做成鑲嵌瓷磚的壁畫展示於小鎮幾幢房屋的外牆上，康斯特勃的英國鄉間畫即為其中之一。我們曾經拜訪過英國鄉村，鬱鬱蔥蔥，石牆板瓦的鄉間小屋，綠草如茵的山坡，羊群點點，無限溫馨平和。康斯特勃的英國鄉間畫，完全展示出這自然溫馨的鄉村美。聽說，康斯特勃的畫在巴黎沙龍展出後，衝擊許多年輕的法國畫家，紛紛遠走巴黎，到鄉間以美景著稱的楓丹白露林區，找尋田園生活和大自然美景的作畫靈感，然後漸漸定居於巴比松鎮，發展出巴比松畫派。

法國田園畫家米勒是巴比松畫派的領導者之一，米勒的〈拾穗〉聞名全世界，在台灣，更是耳濡目染，眾人皆知，我也自以為熟悉，其實只知其一不知其二。參觀巴比松後，我對〈拾穗〉的畫題才深入瞭解，特別感動。農夫們一般都勤勞節儉，「鋤禾日當午，汗滴禾下土，誰知盤中飧，粒粒皆辛苦」，既是粒粒辛苦，農田收成後，不慎殘留田裡的穗穀，怎能浪費？當然得撿拾乾淨。可是，基督《舊約》中卻明示，農夫不得把穗穀撿拾太乾淨，必需殘留一些給貧民們去撿拾。我資質駑鈍，只會以想當然耳，認為勤儉是美德，穗穀當然必需撿拾乾淨，卻從未想到歐洲宗教提倡的「留人餘地」寬厚。〈拾穗〉主題，雖是前面三位彎腰拾穗的鄉村貧困農婦，背景卻畫著一位騎馬的地主，遠遠立定觀看，並未做出任何驅趕的動作，這才是最感人的畫面。據說，中古世紀歐洲，一直維持著這十幾世紀來寬厚濟貧的傳統，直到近世紀，政府設有社會救濟系統後才停止。

巴比松米勒的畫室內，展示許多他的鉛筆速描畫，大都是勞苦農夫農婦們奮力工作的畫面。米勒出生農家，他的農民畫，格外能表現農家的勞動美。畫室中，也看到幾幅不同構圖的〈拾穗〉速描草稿，可見一幅名畫絕非一蹴即成，大畫家也需經過無數的嘗試，組合不同人物的姿勢和背景，達到最美的畫面境界，〈拾穗〉的成名絕非偶然。

在米勒的鉛筆速描畫中，我突然看到一幅熟悉的畫面，一位年輕農夫在田間跨大步撒種，肩上掛的正是裝種子的布袋，手腳姿勢與奧克拉荷馬大學的雕塑完全類似，可是未見有任何完成的油畫。回家後，我搜索網路找到〈播種者〉油畫，原來〈播種者〉也是米勒的成名作之

① 奧克拉荷馬大學的〈播種者〉雕像
② 米勒的鉛筆速描〈農夫推回糞肥堆〉
③ 法國畫家米勒的〈拾穗〉在巴比松展示成鑲嵌壁畫
④ 楓丹白露宮內的畫廊裝飾

①	②
③	④

一，整體畫面非常幽暗，因為描繪的正是天剛破曉，農夫在田裡努力工作的情形。該畫目前收藏於美國波士頓藝術博物館，難怪我在巴比松沒看到這幅名畫的拷貝，也未見到任何鑲嵌的壁畫。〈播種者〉的題材與構圖影響巨大，在當時法國大革命之後的自由思想社會掀起無限漣漪，引起無數言論與思想的討論。

後印象派畫家梵谷，特別欣賞米勒這幅畫的構圖，三十五年後，梵谷摹仿米勒，用他特殊後印象派的技法，畫了許多播種者的油畫。梵谷的〈播種者〉很明顯是在黃昏時刻，畫面亮麗，播種者身後的夕陽，梵谷用他特殊的光線畫法，豔黃日暈染照天邊。我的感覺是，米勒的〈播種者〉是以播種農夫為主題，播種者的人物巨大，佔據整個畫面，力圖表現勞動者的辛勞與美；梵谷的〈播種者〉則以夕陽為主，顯現梵谷一向喜愛夕陽的畫風，播種者的身影縮小許多，融入了夕陽背景的自然美景中。

看了米勒和梵谷的〈播種者〉油畫，我找出奧克拉荷馬大學的雕塑照片，仔細觀賞對照，原來雕塑的構圖乃源自於十九世紀法國米勒的名畫，美國如此工業發達、大規模農業粗耕的國家，恐怕見不到如此用手撒種的播種者。然而，教育工作者作育人才，絕非粗耕農業，奧克拉荷馬大學矗立用手撒種的播種者雕像絕對正確，教育當然是一點一滴勞力密集的精耕工作。

神祕沙漠古城佩特拉

猶記九〇年代極為賣座的好萊塢科幻影片《印第安那瓊斯：聖戰奇兵》（Indiana Jones and the Last Crusade），看著大英雄瓊斯博士翻山越嶺，歷經九死一生，騎馬穿過懸崖峭壁的峽谷後，突然出現佩特拉古城的驚豔一幕，終身難忘。約旦境內的佩特拉（Petra）古城，一直是我嚮往的旅遊勝地。

眾所周知，阿拉伯人是古代穿梭東西兩大帝國間，搬有運無、買賣交易的駱駝商隊。我年幼時，以為居住在沙漠、頭戴包巾、身穿長袍的伊斯蘭教徒就是阿拉伯人。其實不然，信奉伊斯蘭教的波斯人也有類似裝束，但並非阿拉伯人。「阿拉伯人」是鬆散的統稱，包括了阿拉伯半島上許多不同部落的族裔。六〇年代，奧斯卡金像獎影片《阿拉伯的勞倫斯》（Lawrence of Arabia）就是描述阿拉伯大沙漠裡，各個不同部落的族裔為了搶奪水源，互相爭鬥殘殺的真實故事。最後，英國軍官勞倫斯幫著整合部落，聯合抵抗土耳其鄂圖曼帝國，助其獨立建國。電影裡，主要敘述的是阿拉伯的貝都因人（Bedouin）。拜訪約旦國之後，我才知道貝都因人是約旦境內最多數的民族之一。佩特拉古城的主角，則是不同族裔的納巴泰人

（Nabataeans），是真正負責運輸古代東西兩大帝國間物質的阿拉伯商人。

納巴泰人是歷史的謎，世人只知他們是沙漠裡的游牧民族。但，他們不是普通的游牧民族，他們不僅懂得尋找沙漠裡的綠州水源，還精於水利工程，善於導引雨水集存，供長途駱駝商隊飲用。如此特殊才能，讓他們縱橫行走於中亞大沙漠，無人可匹敵。我們參觀古城時，徒步進入兩邊峭壁直聳的峽谷，當地人稱為「蛇道」（Sig），山壁邊緣都被鑿建成引水道，即為最佳證明。四周沙漠的佩特拉古城，正因為這些引水道，水源充足，供水無虞，才能繁榮發達。

納巴泰人由運送轉售乳香、沒藥、印度香料、以及中國絲綢至西方帝國而致富。乳香和沒藥產於阿拉伯南部，乳香是埃及和羅馬帝國祭拜神殿時的必需品，沒藥則是葬禮上用以掩蓋屍臭的主要藥物。納巴泰人將此二物的產地視為商業機密，壟斷市場，價格予取予求。印度香料和中國絲綢，則是高貴奢華品，千里迢迢運來，物以稀為貴，當然要高價出售，納巴泰人不富也難。

納巴泰人富裕興盛後，乃立國，還築蓋了佩特拉城為首都。然而，不多時即消聲匿跡，未曾留下任何完整的歷史記載。今日歷史學家們，只能根據同時期其他帝國的歷史記載，提到與納巴泰國有關的事跡，東猜西測拼湊出他們的歷史。

納巴泰人的起源至今不明。其國家的興起，根據佩特拉城內陵墓的門面設計，具埃及和希臘兩者建築的特色，考古學家推測，可能是在西元前三世紀到前二世紀之間。據說，「佩特拉」此字，源自於希臘語，意為「石頭」，稱佩特拉城為石頭城，絕對名副其實，因為全城都是用砂岩巨石構成，故有人認為「佩特拉」並非城市名，城市的原名應為「黎肯」（Rekem），因為在佩特拉古城入口處對面的石頭，刻有此字。不幸，該石塊在二十年前，約旦人蓋橋時，埋於水泥底下了。

納巴泰國的存在，與漢朝張騫出使西域的時段（西元前一三九至前一二六年）剛好重疊。《史記・大宛列傳》記載張騫出使西域：「騫身所至者，大宛、大月氏、大夏、康居，而傳聞其旁大國五六，具為天子言之……安息在大月氏西可數千里……地方數千里，最為大國。……北有奄蔡、黎軒。」我查資料，「安息」是今日伊朗或古波斯地區的安息帝國（Arsacid）。而此處提到的「黎軒」，有學者懷疑就是發音近似原名「黎肯」的佩特拉，《史記》描述黎軒的地理位置也與佩特拉相近。漢武帝後來還在河西走廊的張掖郡設置了「驪軒縣」，與其國名同音，是否有意招徠黎軒人東來？這一發現，讓我興奮萬分，原來阿拉伯的古城，如此牽「絲」攀藤後，與中國歷史上張騫開拓的「絲」綢之路，終於牽上了一「絲」關聯。我腦海裡的古絲綢之路，也才完整地從中國的河西走廊，經過中亞安息帝國，綿延千里，到達佩特拉古城，最後以古城為轉運站，貨物分送至地中海的埃及和羅馬帝國。當然，這只是我個人信執的理論，黎軒是否真為佩特拉，未有定論，古城仍是個未解的謎。

絲路上的沙漠之景最是惹人傷情，「大漠孤煙直，長河落日圓」，納巴泰人行走沙漠的孤寂和勞苦，又有誰人知？例如，羅馬人就不領情，帝國主政者開始漸漸不耐煩納巴泰人，對其頻頻抬高乳香和沒藥價格的商業勒索，決定澈底解決。西元前二六年，奧古斯都（Augustus）大帝指派一位將軍，領軍跟著納巴泰人去找乳香和沒藥的原產地。納巴泰人左右為難，既不敢得罪羅馬人，又不願分享商業機密，只好帶著羅馬人在沙漠裡兜圈子，還巧妙地利用羅馬軍隊打擊自己的敵人。

納巴泰人聰明狡猾，自食其果，羅馬人終於發現真相，憤怒異常，出兵征討納巴泰國。西元一〇六年，納巴泰國被羅馬帝國的圖拉真（Trajan）大帝征服併吞，成為羅馬帝國的一省。

此時，海上貿易逐漸興起，海運比路運快捷方便，作為陸路運輸要塞的佩特拉城，漸漸失去了重要性。七世紀阿拉伯帝國統治時，佩特拉幾乎成了廢棄的空城。十一世紀十字軍東征，教徒還佔據了佩特拉城，作為據點之一。然後，藏於隱密峽谷後的古城永久沒落，變成了無人知曉，只有當地少數阿拉伯人知道的神祕古城。直到一八一二年，瑞士的考古探險家約翰伯客哈特（Johann Burckhardt）偽裝成阿拉伯朝聖者，處心積慮地探索尋找，失落千年的古城，才又公諸於世。

入古城前的峭壁峽谷「蛇道」，約有一．二公里長，雖有驢馬、駱駝可租乘，我覺得徒步欣賞沿途五顏六色、奇形怪狀的天然巨岩，同時仔細觀賞崖壁上納巴泰民族的藝術雕刻，才是明智之舉。岩壁上的墓碑和神龕壁飾雕刻經千年風蝕，已模糊不清，慢慢細讀才能發思古之幽情。

「蛇道」之後，讓人驚豔的「卡茲尼」神殿（Al-Khazneh），約有四十米高，是從一整塊粉紅色陡直砂岩石雕琢而成。神殿造型典雅，設計美觀，雕工精緻，外觀富麗堂皇，無以倫比。電影《聖戰奇兵》是虛構故事，神殿內其實沒有神奇鬼怪的寶藏，只是一個空穴。神殿原始用途不甚清楚，大部分考古學家認為，應是納巴泰國王阿雷塔斯四世（Aretas IV）的陵寢。納巴泰人有尊拜逝去國王為神祇的習慣，陵寢如神殿，不足為奇。神殿又稱「寶藏殿」（The Treasury），因為早期傳言，神殿上方的一隻石罈，藏有埃及法老的寶藏。二十世紀初期，探寶者用槍彈射擊石罈，期望罈破寶藏掉出，後來證實石罈其實是實心石頭雕刻，平白毀損了千年的古蹟。

神殿不過是古城內精美建築之一，後山頂還有類似神殿設計，建築更為雄偉的「修道院」（Monastery）。該殿內部的後牆，因為刻有十字軍東征的十字架圖案，而稱為「修道院」。其原本用途，可能與山腳下峽谷後的神殿類似。城內還有露天羅馬劇場和皇家陵墓，都是依天然山勢的巨岩雕刻或鑿空而成，令人不得不讚嘆納巴泰人藝術雕刻的稟賦天才。

西方歷史上，各帝王都巴不得為自己歌功頌德，試圖名留千古。譬如，埃及王大肆雕刻象形文字於神殿牆上，描述自己的功德；猶太人則書寫神跡故事於古卷，流傳後世；羅馬帝王也

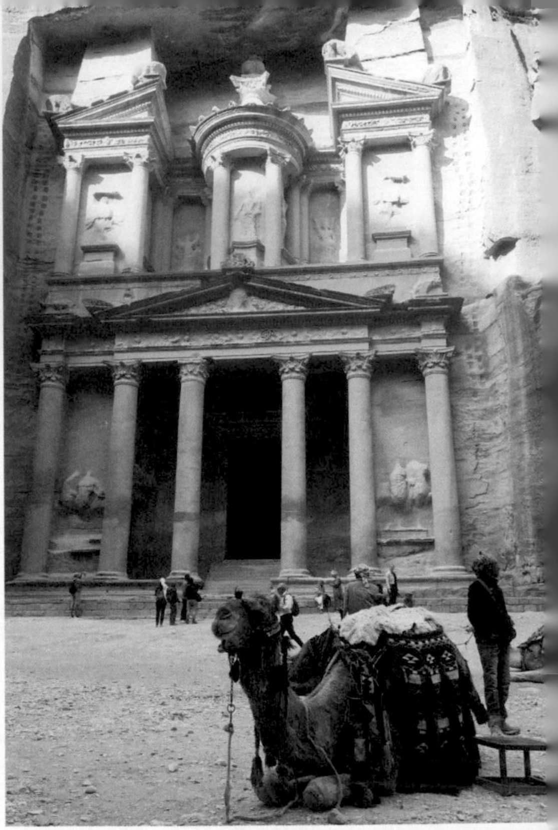

①	②
③	④

迫不及待把自己的豐功偉業，雕刻於羅馬建築物上。唯獨藝術傑出、財物富足的納巴泰民族，卻吝於記載自己的歷史。仔細觀察其刻於石壁上的納巴泰藝術，顯示納巴泰人的文字書寫能力良好無礙，卻無任何歷史記載流傳下來，讓人匪夷所思。納巴泰人似乎刻意隱藏所有事物，連都城也故意建築在不顯露的神祕峽谷之後。他們是否慣於保守商業機密，養成守口如瓶的習慣，而忌憚透露任何事物於文字之中？

佩特拉古城走完一遭，我仍無法瞭解這個神祕的民族，他們打造的沙漠古城更是一團未解的謎，但有引人入勝的神祕和美麗。

① 進入佩特拉古城前的蛇道，是曲折蜿蜒的峽谷，處處可見納巴泰人鑿壁而成的引水道。
② 佩特拉古城內的精美建築卡茲尼神殿，被認為可能是納巴泰國王阿雷塔斯四世的陵寢。
③ 座落於佩特拉古城後山頂上的修道院，建築頗類似卡茲尼神殿。
④ 佩特拉古城內在岩石山壁上鑿出的皇家陵墓。

印度之旅

以古典樂曲《天方夜譚》著名的俄羅斯作曲家林姆斯基-高沙可夫（Rinsky-Korsakov），曾寫了一首〈印度之歌〉（Song of the Indian Guest），原為歌劇男高音曲，後來以弦樂曲流行。歌曲的曲調優雅，音律舒緩，美妙神祕，令人遐思嚮往。年少時，欣賞此曲，我就對印度懷有一種奇特的感覺。漸長，得知印度出了幾位特殊的名人：佛祖釋迦牟尼、詩人泰戈爾、聖雄甘地等，加上流行全世界的瑜伽術奇異獨特，更加覺得印度與眾不同。然而，印度的髒亂和奇特的社會制度，也是舉世有名，終究讓我裹足，不敢前往。幾年來，我們一直拜訪印度周邊的泰國、柬埔寨等諸國，讚嘆其建築藝術的美妙深奧之餘，發現南亞的文化和藝術，其實深受印度的影響。若要追根究底，還能捨本逐末地不去看看源頭的印度嗎？雖然親戚朋友們一直警告，最終我們還是勇敢地前往一探究竟了。

無為政府

一下飛機，馬上就體驗到印度政府的效率。入境的海關前擠滿人群，我們東找西找，終於找到隊伍尾巴，循規蹈矩地排隊等候。隊伍移動異常緩慢，每位過關者至少要耗五分鐘以上。後面陸陸續續又有新的航班到達，整個大廳擠滿了人潮。等了近一小時，移民官人數仍是固定未增，寥寥可數。大廳的近天花板處，懸掛著一大幅條，「慶賀印度新德里機場榮膺二〇一四世界最佳機場服務第一名」，極為諷刺，不禁搖頭苦笑。前面一位印裔排隊者閒聊告知，先前聽說新德里機場通關快速，以前都經孟買入境，此次特別多花機票錢，由新德里入境，沒想到仍是如此。我開玩笑說，印度新德里已在二〇一四年評鑑得獎，只要有一次好紀錄，即可大肆宣傳，哪管以後。

突然，隔壁新增了一條隊伍，我們跟著轉移排隊，暗忖，終於新增移民官參與幫忙，我們有福矣！然而，新隊伍雖成長龍，卻無移民官傳喚，似乎是一條死隊伍。眼見前面幾位印裔排隊者，隔著櫃檯與巡邏官員指手畫腳溝通，官員也只是比手勢，要大家耐心等候，毫無作為。又隔了一小時，同行的朋友忍不住，前往詢問當初開闢新隊伍的穿制服小姐怎麼回事？得到回應，竟是一句「錯誤舉措」，抱歉後揚長而去，我們面面相覷，哭笑不得。隊伍久無動靜，慢慢地，排隊的人們紛紛離隊，各自尋找其他生路，新隊伍終於無疾而終。後來，經導遊解釋，才瞭解印度人處事的邏輯就是不去解決問題，因為問題終會自動消失的。新隊伍的無疾而終，完全印證了印度人處事的態度，真是一次特殊的經驗。

種姓制度依然盛行

種姓（Caste）制度是印度最獨特、也是最為人詬病的不平等社會階級制度。西元前五世紀，釋迦牟尼就感嘆種姓制度的不平等，慈悲眾生，出家悟道，力述眾生平等的佛教思想。十九世紀，聖雄甘地也竭盡其力，消除種姓制度。如今，印度政府不准有種姓歧視，政治上推行平權運動，保障低下種姓就學和公職的名額。然而，社會上仍是不同種姓，互不通婚。

印度的種姓制度，包括階梯（Jati）和瓦爾那（Varna）兩種系統。階梯與姓氏相聯，瓦爾那則分四級：婆羅門（Brahmin，教士和祭司）、剎地利（Kshatriya，國王、貴族和戰士）、吠舍（Vaishya，農、工、商、庶民）和首陀羅（Shudra，苦勞和僕人）。兩種系統不完全相同，卻又相關相聯，複雜難懂。其起源有一說法，西元前一千五百年，北邊雅利安人南侵印度，在吠陀時期（Vedic Period），為了統治人數眾多印度土著，創立了以雅利安人為貴的社會階級制度。另一說法，早期的印度先民，為確定各種職業有適當的人數從事，於是推行職業分配的世襲制度，彷彿今日的分工制度，演變成日後的社會階級制度。十四世紀，成吉思汗和帖木兒的後裔佔領統治中亞，信奉伊斯蘭教，南下攻佔印度，建立蒙兀兒帝國，把印度的社會階級制度更加變本加厲。我們在印度曾受邀到一位保守的中產家庭共進晚餐，主人自我介紹時，即驕傲地解釋其祖先的姓氏，是古代戰士。我跟印度導遊提及幾位印度同事的姓氏，導遊也都能立即指出該姓氏祖先從事的職業。

四級種姓之外，還有更低下不入級的賤民，專門從事印度人認為不潔淨的燒屍和糞便處理工作，稱為「不可碰觸者」（Untouchable），因為連觸碰都嫌髒，簡直豈有此理。術業有專攻，職業何有貴賤之分？社會中，無人從事清潔工作，眾人哪能享受乾淨環境？世上又哪有不髒手的職業？譬如工程師，也需身入髒工廠，解決空氣污染問題；下髒水道，處理污水問題。縱使受人尊崇的白袍醫生，也得處理汙穢的病人身體。印度人以工作的潔淨，來定義職業的貴賤，讓人不敢苟同。

種姓制度下，印度世代子子孫孫，一出生就被貼上標籤，永世不得翻身。難怪印度人相信輪迴，只期望來生投好胎。

街道處處驚奇

印度種姓制度的弊端，從街道的髒亂即可見端倪。垃圾的清掃為不潔職業，社會大眾鄙視，誰會願意奮力而為呢？髒亂，自然無可避免。曾經旅遊過埃及古國，我對古文明國家的混亂交通和髒亂街道早有體驗，不足為奇。然而，印度的情況更加震撼。

印度有名建築之一，風堡〔HawaMahal〕，飾有精緻繁雜的鏤雕牆面，讓王宮婦女能窺看外街，而不致拋頭露面。

舊德里街頭的電線，千絲萬縷，糾纏不清。

印度街景，各式各樣車輛，擁擠混亂，卻少有車禍。

街道兩旁，垃圾堆積如山，牛、羊、豬、狗，漫步街頭，挖掘垃圾，尋食填肚，悠哉悠哉。街上，各式各樣的車輛，琳瑯滿目：大巴士、大卡車、四輪轎車、嘟嘟車（三輪電動車）、三輪人力車、摩托車、牛車、馬車、驢車、駱駝車，還有耕耘車、拼裝卡車等等，目不暇給，相當有趣。我的照相機也喀嚓喀嚓地照個不停。街道上，漫遊的動物與人類的車輛互讓互擠，和平共處。動物無視人類的存在，無憂無懼，悠悠蕩蕩。人類也容忍動物的無知無序，互讓互行。不知這是否就是所謂的「大同」社會？或者，佛家慈悲為懷的「護生」世界？

在街上走路，必須像打仗一樣，戰戰兢兢，腳步如履薄冰，因為動物糞便隨處可見；眼必觀四方，路邊隨時有大男人背對街頭小解；耳需聽四面，車輛會從四面八方突然喇叭警告。逛街一趟，絕對精疲力竭。奇的是，街道雖是垃圾如山，卻沒見過老鼠或蟑螂爬行。或者，街頭的牛、羊、豬、狗，已經消滅了這兩種寄生物？

印度人的高度包容性，讓人驚訝。街道交通雖是擁擠雜亂，卻少有交通事故，也無爭吵暴力事件，一切都在車輛噪音中和平進行。車輛背面，還故意漆字提醒別人按喇叭。安靜行車，是不道德的，因為沒有警示別人讓路，撞上活該。我們曾經登上人力三輪車，在窄巷中穿梭觀光，車輛雖有爭奪爭行，遇上擁塞，卻是互相轉讓，沒有抱怨，也沒有謾罵，像耐心拆解亂結般，慢慢自行散開，和平無聲解決，奇妙無比。印度社會的和諧容忍，無處可比。

其實，印度也有傲人的整潔大馬路，新德里氣勢雄偉的政府大廈群區，有一條筆直的寬廣大道，連接紀念戰士的印度門（India Gate）與巍峨豪華的總統府（Rashtrapati Bhavan），其氣派與美觀，直逼美國華府的國家廣場（National Mall）。該區原為英國殖民時代的總督府區，獨立後改為總統府和政府機構。

印度街頭的另一奇景，是任何時刻、任何地點都有人躺臥睡覺，縱使是在神聖的印度寺廟或伊斯蘭教的清真寺內。躺臥者未必是流浪漢，有些其實是有家有室的。旅遊過很多國家，譬如西班牙，雖有中午小憩的社會習俗，但都是關門打烊睡覺，未見躺臥街頭大睡者。印度人則瀟灑異常，以穹蒼為圓蓋，大地為睡床，高眠臥不起，坦然昏睡。我百思不解，難道是氣候溫暖逼人懶散？或者，此生既無法翻身，不如睡夢一生？

仍流行媒妁婚姻

中國古代婚姻，講究父母之命、八字相合的媒妁婚姻。現今，似乎極少聽說還有遵循父母之命的婚姻。印度，一直至今，仍流行媒妁婚姻，與所有印度文化一樣，一直停留在古印度的制度中。

我們拜訪的印度家庭，就是憑父母之命的婚姻。印度人篤信七世夫妻，中國人也有七世夫妻之說，不知是否從印度傳入？男主人告訴我們，一對夫妻至少要經歷七世，才能完盡緣份。

八字相合的媒妁婚姻，正是要找到前世夫妻，以了前緣。我不願造次，未當面反駁。其實，中國古諺不是說「有緣千里來相會，無緣面對不相識？」如果真有七世姻緣，不需媒妁之言，恐怕也會碰到一塊吧？

主人說，印度的離婚率極低，不到百分之二，應歸功於父母媒妁婚姻的制度。其實，印度有更殘忍的寡婦殉葬或不婚的習俗，連寡婦都無人敢娶，誰還敢娶離婚婦？婦女的家庭地位，在印度社會裡低之又低。該主人家的媳婦，平日不准與家中任何無血緣關係的成年男子談話，也嚴禁未蒙面紗與之面對面。最典型的例子是，公公與媳婦，雖生活在同一屋簷下，絕不同桌吃飯，也不對談。若要相見，媳婦一定要蒙面紗。

我回來後，給親戚朋友們重述這段印度經驗，大夥恍若聽天方夜譚。這是我印度之旅的最大收穫，回來講印度故事，驚倒全座。

數學和天文學影響全世界

不提現今的印度，印度古文明其實影響世界頗巨。阿拉伯數字即印度人所發明。印度發明的數字，經阿拉伯人傳入歐洲，歐洲人誤以為阿拉伯人發明，以之為名。印度數字較之任何其他古文明用的數字，譬如，中國數字或羅馬數字，都簡易方便，易於書寫運算，莫怪全世界接受通行。

數學「零」的概念，也是由印度人發明。印度教篤信輪迴之說，認為滅亡即重生，其崇拜的濕婆神（Shiva），既是毀滅之神，也是創造之神。同理，數學上的「零」，既代表無也代表原點，是一切數字的起點。在民智渾沌未開的早期，能有如此先進的邏輯思想，印度人的智慧令人佩服。甚且，把零擺放在數字之後，即改變原始數值的十倍，明白、清晰、易懂，非常聰明睿智。

印度的天文學開始極早，星座與人類的命運交織，早已流行。印度的天文學，雖未在世界上造成任何影響，占星術卻因吉普賽人而遍及全世界。吉普賽人源自印度北部，遷徙流浪全歐洲，其長途遷徙的原因和時間已無法考，仍是歷史界的謎。我猜測，可能與印度的不平等種姓制度有關，吉普賽人寧可浪跡天涯，自由自在生活，也不願返回不平等種姓制度的印度家鄉。吉普賽人大都從事占卜、歌舞、銅匠工藝等業。據說，西班牙的佛朗明哥人，和法國的波希米亞人都與吉普賽人有關。在印度街頭，仍可見吉普賽人的蹤跡。神祕莫測的吉普賽人乃源自印度，印度之神祕，由此可見一斑。

融合伊斯蘭教與古印度教的建築藝術

印度屢遭外族入侵統治，尤其是北邊的伊斯蘭教民族，建築藝術因此深受伊斯蘭教影響。

世界有名的泰姬陵，圓穹主體，四面高塔，即典型的伊斯蘭教建築，人人皆知，無須贅述。其實，印度人流行火葬，不浪費任何一吋土地於墳墓，因此所有陵寢建築必屬伊斯蘭教。未受伊斯蘭教影響的早期古印度教建築，可見於克久拉霍（Khajuraho）的寺廟群。

印度北邊的喜瑪拉雅山，雄偉狀觀，寺廟建築自然而然摹擬這座高山山脈，都是尖頂高聳，異於伊斯蘭教的圓穹建築。柬埔寨的吳哥窟，即受印度教寺廟影響，兩者外形相似。古印度教的寺廟，都是層層台階高爬，主體建築外側，線條稜角裝飾，折折疊疊，繁雜美觀，加之表面飾以各姿各態的雕琢人像，益顯細膩精美。雕琢的人物塑像，姿態各異，體態健美，栩栩如生，嘆為觀止。

後期印度教的寺廟，則融合了伊斯蘭教圓穹與古印度教高山尖頂的建築特性，兩者兼具。外部裝飾的人物雕像，甚至包括了聖母、耶穌、聖彼得、聖約翰、孔子、老子等等，非常有趣。印度教的高度包容性和諸神來者不拒的眾神崇拜，由此可窺一二。

追觀猛虎

老虎只產於亞洲大陸，幾乎瀕臨絕種。在野生動物保護的教育下，印度從非法盜獵老虎，轉為保護老虎，開放野生老虎觀光。諷刺的是，印度人一向容忍各式各樣的動物，不論牛、

① 古印度教建築，摹擬喜瑪拉雅山，尖頂高聳，外牆裝飾繁雜細膩。
② 印度孟加拉公虎在野外匍匐休憩的優雅姿勢。
③ 世界著名的泰姬陵，圓穹高塔，典型的伊斯蘭教建築。

羊、豬、狗，或者飛禽鳥獸，甚至猴群，都任其懸掛樹梢，隨意攀躍，不去傷害，卻會殘殺老虎，想必是金錢造成的惡因。

野外觀虎，全憑運氣，縱使有追虎專家，細觀虎爪印追蹤，也不見得能碰到老虎。我們一早出發，越野車一路顛顛簸簸，竟幸運看到一隻公虎。追虎專家告訴我們，公虎只有兩歲多，仍靠母虎狩獵餵食，牠正在等待母虎狩獵食物回來餵食。其實，公虎已是成年大虎，第一次看到仍感一驚，我們藉著虎專家在旁才不驚不慌。後來發現，虎專家根本未帶任何武器，只不過與老虎保持距離，緊跟觀望，不去挑逗而已。聽說，老虎除非太老或太虛弱，無法獵殺其他野生動物，一般並不吃人，不知是否人肉不美味？老虎不愧是百獸之王，對我們這些觀光客不屑一顧，自顧自地不慌不忙，緩緩步行，我們則驅車亦步亦趨跟著，宛若跟著虎大王巡視，非常有趣。步至溝壑，虎身一躍，轉身優雅地匍匐蟠踞在岩石上，曬太陽等候母親。我們觀察一陣，不再有動靜後，就滿足地打道回旅館吃早餐。

傍晚，再次驅車去另一處觀虎，車子轉來轉去，未見任何虎爪印，正要打道回府，虎專家突然發現沙地上留有新虎爪印，立刻興奮掉頭猛追，結果大失所望，悻悻而歸。歸途中，猛然見到一隻老虎站在原野大樹下，我們興奮停車遠觀。虎專家告訴我們，這隻是母虎，早上公虎的媽媽。此時，樹叢中一群猴子，突然發出奇異怪聲，吱吱大叫。虎專家解釋，猴群在樹上警訊地上的鹿群。說時遲，那時快，虎媽突然一蹤，捕獲到一隻幼鹿，蹲匍著慢慢啃舔。由於草叢遮掩，難以看清老虎的一舉一動，加上天色漸暗，乃決定歸去。虎專家一直說，我們是幸運的一群，連續看到兩隻老虎，而且窺睹到難得一見的猛虎狩獵剎那。

中國俗語「一山容不得二虎」。的確如此，根據專家長期觀測老虎的錄影片，公虎與母虎，絕不共存一處。母虎懷孕生下幼崽後，獨自狩獵撫養幼崽，並教其捕獵技巧。在撫養幼虎的兩年多期間，幼虎與母虎嬉戲玩逗，舐犢情深。然而，幼虎長大後就會不顧親情，與母虎爭奪地盤。弱肉強食，弱者一定被強者驅逐離境，不論親情長幼。

印度該地，有一隻母虎，為救幼崽，與鱷魚拼鬥，大牙折斷，從此無法順利狩獵，日漸衰弱，後來被自己撫養長大的虎女兒驅趕。現今，得靠野生動物專家，拋動物屍體餵食，勉強存活。都說「虎毒不食子」，卻絕對沒有幼虎同情年老母虎的情節。哀哉！禽獸世界。

佛教發源地卻少見佛寺

佛教雖源於印度，在印度卻少見佛教寺廟，佛教徒也只佔人口的百分之二。導遊說，伊斯蘭人入侵時，大肆收刮寺廟財物，印度教寺廟裝潢著金銀珠寶，富貴堂皇，掠奪者滿載而歸，置寺廟建築於不顧，歡歡喜喜離去。然而，掠奪佛教寺廟時，卻是空無一物，大怒之下，焚燒殆盡，殺盡佛教徒洩憤，佛教在印度因此一蹶不振。

鹿野苑為釋迦牟尼悟道成佛後，第一次講經處，在佛教史上有特殊意義。中國晉代高僧法顯和唐代玄奘都曾來過此處取經，法顯的《佛國記》和玄奘的《大唐西域記》都有記載。鹿野苑後來遭戰亂，以及伊斯蘭教的掠劫破壞，荒蕪湮沒沉埋。直到近代，考古學家根據玄奘《大唐西域記》的詳細記載，才發現遺址，並加以證實，重現佛教古蹟的光彩。元人周達觀的《真臘風土記》，也曾對吳哥窟的重現和歷史研究，貢獻良多。中國古籍實乃無價之寶。

導遊講解，佛教要求出家人托缽乞食，主要是培養無欲、知足、和靜心的德性。甚而之，以行乞來除掉自己傲慢的偏執。這點，毫無慧根的我，倒是從未想過。更讓我佩服五體投地的是，托缽行乞時，不與施捨者眼光接觸，以免陷施捨者於傲慢的惡果。猶記年少時，在台灣偶遇居家附近的臨濟佛寺和尚，出廟托缽乞食，也是眼簾下垂，面貌安然祥和，當時不懂，只覺奇怪有趣。原來，佛教徒不僅自己不能傲慢，還要防止造成別人傲慢，渡己渡人，胸襟寬廣慈悲，讓世俗的我慚愧汗顏，無地自容。

遠觀火葬儀式

印度瓦拉納西（Varanasi）聖城的恆河，神聖無比。印度人一生，以跳入瓦拉納西的恆河沐浴淨身，洗滌污濁靈魂為最高願望。在有生之年，如果未能如願到瓦拉納西，觸碰恆河聖水，則死後屍體，也要在火化前，浸泡恆河的聖水。更差者，若無法在恆河邊火葬，死後骨灰也要撒入恆河中，以求超脫釋罪，來世輪迴好胎。

我們渡船在恆河上，遠觀印度火葬儀式。印度火葬，價格隨木材而異，費用不菲。火葬時，木材堆砌圍繞屍體，在開放空間燃燒數小時。開放空間燃燒，從工程觀點，其實不如密閉燃燒衛生，而且效率低，耗燃料。然而，印度人寧愛傳統的火葬，棄先進衛生設備而不用，火葬場旁邊的密閉電子焚化爐設施無人問津。火葬儀式，禁止女性家屬參與，只有男性家屬圍觀默禱，因為女人會禁不住悲傷哭泣。印度人認為死去即是重生，悲哀哭泣會迷惑牽絆死者靈魂的重生之路。據我所知，佛教也有如是之說，恐怕是受印度教的影響吧？

恆河上，西面岸邊燈火通明，鑼鼓喧囂，祭拜祈福，人潮洶湧。轉過頭去，東面河邊寂靜無聲，河面上祈福的小小油燭燈，漂漂蕩蕩，點點星火，順流遠去，神祕詭譎。當時，適逢滿月，血紅月亮，冉冉上昇，斜掛天邊，月光倒映在恆河上，我突然想起林姆斯基的〈印度之歌〉。啊！不就是這神祕的氣氛嗎？

後記

印度之旅，新奇百怪，古蹟豐富，歷史神奇，飽含哲理，受益匪淺，滿載而歸。然而，我們一團十二人，一路上個個小心翼翼，不敢隨便亂食。結果仍是半軍覆沒，大半腹瀉病倒。如朋友所說，印度（India）這個國家，是「I Never Do It Again」。

送子鳥

中西文化，有的相差十萬八千里；有的卻又大同小異，殊途同歸。譬如，中國人有「送子觀音」的傳說，西方人則有「送子鳥」的傳奇，兩者異曲同工。不過，送子觀音是佛教神話，由大慈大悲的觀音菩薩演變而來；西方人的送子鳥，則是自然界貨真價實的鸛鳥（Stork）。送子鳥吉祥送子的迷信，常被西方父母拿來搪塞小兒小女詢問的生殖問題。

有一則美國笑話：天真無邪的小男生從學校帶回家庭作業，要求書寫一篇嬰兒出生報告。他跑去問媽媽：「媽，我是如何出生的？」媽媽回答：「哦，寶貝，你是鸛鳥送給我們的。」小孩再問：「嗯，那妳和爹地又是如何出生的？」母親回答：「哦，也是鸛鳥送來的。」小男生不屈不撓：「那，爺爺奶奶又是怎麼出生的呢？」母親開始不耐煩了：「他們也是鸛鳥送來的。」幾天之後，小男孩上繳報告，開宗明義第一段：「這篇報告很難下筆，因為我們家三代都不是自然出生的人類。」

書上說，鸛鳥外形類似東方的吉祥鳥，鶴。可惜我從未親眼見過鶴，不過常在國畫中看到。幼時家中，有一件銅鶴雕飾，我常為之彈塵淨拭，把玩觀賞，耳濡目染，所以也不陌生。歐洲看到的白鸛鳥，白色長頸、紅色尖細長啄、赤紅色細直長腳，全身白羽配黑翅羽，的確頗似東方畫中的鶴。據說，鸛與鶴的不同處，在於腳趾。鸛鳥前有三趾，後有一長趾，後趾能彎曲緊握樹枝，因此能棲息在樹上；東方鶴同樣有三前趾，但後趾短小，無法上樹抓握樹幹，所以只能棲息於地面。有人說，國畫中常題的「松鶴延年」，應該是松「鸛」延年，因為鶴不能棲於松樹，只有類似鶴的鸛鳥才有此能力。

在美國常聽到送子鳥，也常在漫畫上看到。送子鳥都被畫成長啄銜叼著裹嬰兒的小布包飛翔，如此一來，外形就有點像鵜鶘（Pelican）了。鵜鶘的長啄有喉囊袋，方便儲藏食物，讓許多人誤以為鵜鶘即為送子鳥。其實，鵜鶘為鵝類，腳短且趾有蹼，會游水潛水捕魚，與無蹼細長腳的鸛鳥完全不同。加州海岸經常可看到鵜鶘，絕非西方人所謂的送子鳥。

我在美國沒機緣看到鸛鳥，倒是經常看到與鸛鳥形體類似但小一號的鷺科鳥，譬如，纖細雪白的白鷺鷥（Egret）和體形稍大的灰色蒼鷺（Heron）。我喜愛觀賞鷺鳥飛翔的美姿，伸長腿，展大翅緩緩撲動滑翔，動作優雅飄逸。歐洲白鸛在空中飛翔時，也是伸長腳，展大翅緩緩搖動，不疾不徐，悠然典雅。唯一差別是，白鷺鷥的頸椎在空中呈自然S形弧度，蒼鷺的長頸則緊向內縮，鸛鳥則長頸直直伸出。都是長頸的近親鳥，竟呈現不同的飛姿，世界多奇妙。

今年五月，我們到法國東北部與德國邊界緊鄰的亞爾薩斯地區（Alsace）探訪，該區是鸛鳥築巢定居之處，也是世界著名的白葡萄酒產地。亞爾薩斯地區在歷史上數度變換國籍，十五世紀時屬於神聖羅馬帝國，十七世紀被法國統治，十九世紀普法戰爭後歸屬德國。二十世紀第一次世界大戰後，又回歸法國。二次世界大戰時，納粹佔領該區，戰後又回歸法國管理。如此德法交替佔領統治，該地因此有濃厚的德法混合風俗習慣和建築藝術。

科爾馬（Colmar）為該區的一個中古小鎮，房舍皆是斜頂屋瓦、富濃厚德國風味的木骨架屋，與法國其他地區見到的木屋大異其趣。木骨架屋的技術，源自於早期歐洲居民無工具切割木材，用現成樹幹當支架發展而成的中古式木屋。各國有不同蓋法，德式木骨架屋，木骨斜直交錯，風味特殊。科爾馬鎮內，窄巷曲弄，鵝卵石街道，古色古香，有許多古蹟。眾所週知的紐約港外自由女神像，乃法國民間送給美國，讚揚其自由民主維護者的禮物。雕塑女神像的法國藝術家巴特勒迪（Frédéric Auguste Bartholdi）即生於斯。我們在小鎮尋幽訪勝，穿梭於窄巷間，猛然抬頭一瞧，教堂尖頂上，堆著一大叢雜枝雜葉，原來是鸛鳥的鳥巢。一隻鸛鳥立於巢穴上，似乎正在餵食雛鳥。鸛鳥巢與一般窩穴狀的鳥巢大不相同，只用枝葉堆砌成盆狀平臺，上空敞開，想必是上空的天敵不多，無須隱藏躲避。

然後，我們遊至埃吉桑（Eguisheim），一座處處彩色小木屋，宛若童話故事的美麗古鎮。我們正驚豔於該鎮的獨特色彩和美屋之餘，猛一抬頭，一座十二世紀的聖彼得古教堂鐘塔上，又是一大盆鸛鳥巢，兩隻鸛鳥似乎正在忙著餵食雛鳥。書上說，鸛鳥為一夫一妻制，雌雄鳥會交替孵卵和餵食雛鳥。

歐洲人一向視鸛鳥為吉祥鳥，認為牠能為人類捎來新生兒的喜訊。究其原因，乃因鸛鳥為南北遷徙的候鳥，冬季南飛至非洲熱帶區避寒，春夏則北飛回歐洲各地築巢產子。由於飛回歐洲的春夏時期，恰為多數夫婦在前一年盛夏藍田種玉，隔年收成結果的時段。加之，待產之家，廚房煙囪大都溫火不斷，暖烘烘的屋頂，特別能吸引鸛鳥築巢，乃有送子鳥的傳說美譽。

拜訪亞爾薩斯區的古鎮，處處見鸛鳥巢，讓我們驚喜連連。不過，美中不足的是，古鎮內的鸛鳥巢都高高在上，難以仔細觀察。據說，歐洲在六〇年代，由於人類不斷擴充發展，加之鸛鳥南北遷徙途中的損耗，鸛鳥數目愈來愈少。鸛鳥為亞爾薩斯地區的標誌，吉祥鳥逐漸衰竭，怎不惹人恐慌？法國人於是在榆納維（Hunawihr）郊區成立鸛鳥保育中心，大量繁殖幼鸛，然後野外放生。我們也到該中心參觀，能夠近距離觀賞鸛鳥的生活習性。

鸛鳥似乎並不懼怕人類，我在保育中心的外圍葡萄園草地上，追著一隻鸛鳥近距離照相，鳥兒見我靠近，仍不慌不忙漫步，任我肆意拍照。不懼怕人類，恐怕也是成為給人類送子迷信的原因之一吧？

書上說，鶴聲嘹亮沖天，鸛鳥則無聲無息。不過，我們在園區內，倒是聽到鸛鳥發出啪搭啪搭，似乎是鳥嘴閉合叩擊的聲響，完全出乎意料，頗為有趣。據園區管理員言，由於近年人類保護鸛鳥，供應鸛鳥的食物充足，鳥兒們有了豐盛的食物，逐漸長駐此區不移，不再年年南飛過冬，乃有今日亞爾薩斯區鸛鳥巢處處可見的局面，也讓我這城市鄉巴佬，能親眼一睹鸛鳥的美姿。

一趟法國鄉村之旅，除了滿載歷史古蹟故事回來外，還目睹了在美國難得一見的送子鸛鳥，感覺這趟旅行太豐碩了！

①｜②｜③
④｜⑤

① 鸛鳥飛翔美姿。
② 法國埃吉桑鎮內十二世紀古教堂鐘塔上的鸛鳥巢。
③ 狀似東方仙鶴的歐洲白鸛，不懼人類地漫步葡萄園中。
④ 法國科爾馬鎮內濃厚德國風味的木骨架屋。
⑤ 法國亞爾薩斯區埃吉桑鎮內宛若童話故事的彩色小木屋。

向凡夫俗子致敬

二〇一六年七月間，台灣發生一則轟動國際的新聞。一夥東歐詐騙集團，瞄準台灣，用電腦技術遙控，從銀行自動提款機吐鈔，詐取新台幣八千多萬，歹徒一向在國際各國屢詐屢勝從未被逮，卻在七天內被台灣警方破案落網。破案神速，當然得歸功於台灣警方的能幹，然而，破案的關鍵，卻是台灣民眾的「好管閒事」。民眾看到嫌犯動作疑異，迅速向警方報案，才讓警方得以及時追查破案。這則新聞，讓我想起美國古典音樂作曲家科普蘭（Aaron Copland）的一首曲子。

該曲主要是用號角和小喇叭吹奏，號角的高昂音符，響亮沖天，偶爾幾聲震撼的鼓聲穿插其間，氣勢磅礡，那陣勢就像是某個英雄或高高在上的領袖，緩緩昂首步出，眾人拭目以待，準備獻上十二萬分敬意。不過，這大陣勢的曲子，不是給英雄，也不是給任何領袖，而是給「凡夫俗子」。據說，曲子剛完成時，科普蘭一直找不到適當的曲名，曾考慮過「向英雄致敬」或者「向自由致敬」等等，又由於該曲完成於一九四二年，正是美國準備宣佈參加第二次世界大戰之前，因此有人建議命名為「向美國軍人致敬」，但他都不滿意。出乎眾人意料，科普蘭竟以此曲，向廣大的凡夫俗子們致敬，定曲名為〈向凡夫俗子致敬〉（Fanfare for the Common Man）。聽說，一九五二年，他還幽默地要求舊金山交響樂團，特別選三月十五日演奏，因為那是當時美國人民報稅的截止日。的確，凡夫俗子是國家的基石，基礎不穩，哪有強大的國家？人民不繳稅，國家如何運轉？

擁有好管閒事，守望相助的民眾，恐怕是讓歹徒最無計可施的安全社會。猶記數年前，我們到捷克首都布拉格旅遊，曾特別去拜訪布拉格市區內的一個著名猶太人古蹟（Josefov or Jewish Quarter）。歷史說，西元前六世紀，猶太人因爭奪分裂而亡國，當時，猶太人並不積極求取復國。事實上，猶太人善於經商賺錢，擁有巨大財富，根本不覺得亡國對個人有啥不便，也不在乎有否國家。沒想到，往後的幾千年，猶太人就因為沒有國家保護，一直受到其他民族的欺凌、屠殺，並被迫遷徙，無人同情。十一世紀，十字軍東征，原本是基督徒與回教徒之間的大戰，卻在基督徒無功而返的回程中，演變成對猶太民族的大屠殺，枉受無妄之災之後，僅存的猶太人被強迫只能在布拉格市區的猶太區內活動。十六世紀，該猶太人區發展的非常繁華，曾是世界上最大的猶太人社區，區內還保有十五世紀的歌德式猶太教堂（Old Synagogue），該教堂是世界上現存最古老的歌德式猶太教堂。歌德式基督教堂在歐洲隨處可見，歌德式猶太教堂卻不多見，也因此，該教堂彌為珍貴。

二次大戰，德國納粹大肆屠殺猶太人，照理說，這猶太人區似乎應該立刻被夷為平地。然而，就因為納粹處心積慮，欲滅絕全世界的猶太人種，故意把中歐所有猶太民族的藝術品有計畫地遷移到此區，擬變成「世界絕種民族博物館」。之後因戰敗才未得逞。聽了導遊的解說後，我頓時毛骨悚然！

當年，希特勒仇恨猶太人、吉普賽人和同性戀者，他認為這三種人是人類的渣滓，必須剷除怠盡。因此所有他認為歸屬於這三類的人，都被送到集中營殺光，最有名的集中營，就是波蘭南方的奧斯威辛（Auschwitz）集中營。我們也曾到奧斯威辛集中營參觀過，集中營內的生活殘酷簡陋，無需多述。我在很多好萊塢的集中營電影中，經常看到婦女入營的第一件事就是剃髮，一直大惑不解。參觀後才明瞭，原來婦女們的長髮是織造戰時軍用毛毯的極佳材料，一間大展覽室內，堆滿剪下來猶太女人的各色各樣長髮，有的很明顯是小女孩的辮子，看得讓人直想作嘔！

不光只是純種猶太人，只要稍有一點猶太血統的，納粹都要把他們殺光，認為如此才可完全避免沾汙全人類的血統。納粹到歐洲各國搜捕猶太人，不管是哪國國民，也不管老弱婦孺，全部送集中營處死。戰爭時期，子彈值錢，還捨不得浪費子彈，處死時，騙他們是群體洗澡，把衣服脫光，因為衣服可以留給下一批俘虜用，然後用氰化氣全體毒死。這個方法是納粹實驗後，證實最省錢的方法。那些被殺死的都是體弱，沒有利用價值的猶太人，有利用價值的像雙胞胎、懷孕婦女、年輕力壯的男子，先供醫學試驗，等試驗完再殺。據說，被殺的猶太人超出六百萬人。

① 布拉格查理橋上的雕像，
遠處是布拉格城堡。

② 布拉格市區內最有名的查
理橋。

③ 布拉格的十五世紀歌德式
猶太教堂。

猶太人怎會落到如此地步，卻完全不反抗？數年前，德裔羅馬教宗本篤十六世（Benedictus XVI）曾到奧斯威辛集中營拜訪，教宗此舉，顯而易見，是為當年的德國納粹贖罪。教宗在訪問後演講，哀傷仰問上帝：「主啊！您為什麼沉默不語？您怎能容忍這種事情發生？」其實，沉默的哪是上帝？是猶太人自己！有人描述納粹搜索捕捉猶太人時，其他猶太人聽到幾條街外有人被捕，卻沉默不語，因為遙遠不及；聽到左鄰被捕，也沉默不語，因為事不關己；聽到右鄰被捕，還是沉默不語，因為事未臨頭；然後，有一天，輪到自己被捕時，已經沒有人出來為自己抱不平了。可見，獨善其身、莫管他人瓦上霜的民族，勢單力薄，有可能遭受滅亡絕種的危機，豈能不引以為鑑？猶太人痛定思痛，在二戰後才團結互助，積極成立國家。

新聞上說，台灣一對夫婦撞見罪嫌正在提款機前取錢，嫌犯心虛，來不及取走吐鈔口的六萬元，驚慌開溜。這對夫婦並未暗自竊喜，悄悄拿走六萬元現款據為己有，而是報警有人忘了拿錢，及時讓銀行發現這樁盜領案。同樣，另兩名嫌犯在另一處盜領時，也被其他民眾發現懷疑，上前拉住手臂盤問，嫌犯甩開手臂後迅速逃走，民眾警覺，抄下脫逃嫌犯的車牌號碼，送給警方，提供破案線索。台灣的凡夫俗子愛管閒事，幫了警方，幫了國家，也幫了自己。

我對台灣的凡夫俗子們肅然起敬，送上科普蘭這首〈向凡夫俗子致敬〉的曲子，台灣民眾接受此曲，絕對當之無愧！

德國自行遊瑣記

德國，一直是我想瞭解的國家，到底是什麼樣的民族？接連挑起兩次世界大戰，鬧得全歐洲雞犬不寧？

老爺子跟我解釋，德國應該可以自己開車旅遊，一方面自由行比較能夠深入瞭解民族的特性和風俗習慣；另一方面，德國人一板一眼思慮接近工程師，我們德文一竅不通，也沒有德國朋友帶路，但工程師瞭解工程師，溝通必然無慮。更何況，我倆早期曾自己駕車遊過德國萊茵河，經歷順暢，印象良好。最重要的，德國有無速限的高速公路，老爺子欲趁老眼未昏花之前，即時享受快速駕車的刺激，以免日後過老無法駕車，終身遺憾！

德國第一站，南部的慕尼黑。現今網路訊息方便，事前準備工作，輕而易舉。我們早已查知，慕尼黑有超值的伴侶一日遊交通票（Partner Daypass or Gesamtraum），兩人（其實可五人共用）可全日無限制地乘坐公共交通工具，漫遊全城。下了飛機，直奔櫃台買票。不巧，櫃台無人，那就直接到地鐵買票吧！德國地鐵，既無柵門，也無人看管，一切榮譽制度。我們兩個鄉巴佬，在賣票機前東試西試，終於出現我們要買的伴侶票，投錢進去，機器竟不收，連續試了幾次，硬是買不成車票。再試用信用卡，也不得要領。求助身旁行色匆匆的旅客，一位懂得英文的，迅速幫著查看，確定一切無誤，就愛莫能助了。

我正急的滿頭大汗，一位近六旬的老者趨近，詢問我們是否打算買伴侶一日遊交通票？頓時，我如獲救星，稀哩嘩啦地告訴他原委，老人慢條斯理地從口袋裡掏出一張票，告訴我只要十五歐元，比原價還便宜。我立刻警覺，莫非是騙子？正在遲疑不決，老爺子取過車票詳細查看日期，老人馬上明白，指著票上日期，保證絕對是真票。我反問他，既是今日票，為何要轉賣？他回答，馬上就要離開慕尼黑，覺得票可惜了，所以想轉賣拿些錢回來。我們兩個土包子拿著票，前看後看，全是德文，看不懂，唯一看得懂的阿拉伯數字日期，一點沒錯。心中雖仍忐忑不安，可是，既然買不成票，又有人送上便宜票，利人利己，何樂不為？我慢吞吞地從小錢包裡掏出錢給他。

他一離開，身後馬上傳來聲音：「對不起，你們剛剛跟那人買了車票嗎？」我一聽，心一沉，糟了，中計了！回頭一看，一中年男子，穿著牛仔褲，腳履運動鞋，從口袋裡掏出皮夾一晃：「我是警察，你們花了多少錢買那張票？」我還來不及阻撓，老爺子已如實道出。腦海中立刻閃現，我們夫婦倆蹲在德國警察局度過假期的倒楣景象。對方見我們驚訝，馬上解釋不會給我們找麻煩，只要我們合作，幫忙逮捕那個騙子。我心中一驚，更大的騙子出現了！

對方解釋，只要我們誠實告知經過，留下筆錄即可，但必須出示護照，記下真實姓名和地址。我暗忖，這傢伙難道想騙美國護照嗎？趁老爺子掏找護照之時，我要求再看一次員警證件，對方頻頻點頭：「應該的，應該的。」我仔細查看證件，全是德文，怎知是真是假？照片中人，也不完全一樣。他馬上明白，解釋自己以前比較年輕，比較胖。老爺子見狀，開始警覺，縱使對方掏出紙筆，想把護照移近抄錄姓名與號碼，老爺子總是手握護照不放。他一邊打電話，一邊跟身邊人指示，然後轉頭告訴我，他同伴去追那騙子，帶我們一起去警察局作筆錄。不一會，同伴帶著老人出現，一陣德語交談後，老人掏出十五歐元還我，還低聲下氣地跟我道歉，替我們惹麻煩了。我仍在驚疑之中，不知何是真？何是假？心中暗暗提高警覺，準備小心行事，步步為營，見招拆招。

中年人抄完證件，慢慢跟我解釋，他是便衣偵探，早就注意這老傢伙了，老人或者向準備離開慕尼克的旅客乞討用過的車票，或者從垃圾箱裡撿拾別人丟棄的車票，然後轉售圖利。他們一直無法及時抓住證據辦他，現在好不容易碰到我們願意合作，總算可以辦他了。我問他，怎麼發現我們跟他買票的？他指著剛離開的地鐵車子，解釋他躲在車廂裡偷看我們交易。我暗忖，我們兩個土包子，傻裡傻氣地一直在審視車票，沒立即跳上車離開，才讓他逮著機會跟我們會談吧？

隔一陣，兩位穿制服的員警出現，他解釋自己是中央政府的警探，地鐵隸屬市政府，作筆錄需到市警察局，請我們跟兩位制服員警一起去警察局。沿途，我問他，為什麼老人這麼乖乖就捕？在美國，壞人若是被員警追捕，早就快速逃跑拒捕了。中年人自負地笑說，他跑得比壞人快，壞人逃不了的。到了警察局，重複一切手續，事件就此完美結束，他是貨真價實的便衣員警！市警局的制服員警事後和善指示我們，何處可以找到櫃檯買票，然後握手謝謝我們合作，我長噓一口氣，虛驚一場！

耽擱了兩個小時，我們立即跳上地鐵，往市中心飛馳而去，坐在空蕩蕩的地鐵車廂內，兩人仍如在夢境，互相談著事件。沿途，擴音器用德語播報站名，反正也聽不懂，乾脆聽而不聞。隔鄰一群年輕背包客，用德語交談，不時投來好奇眼光。到達其中一站，擴音器說個不停，很多乘客下車，其中一背包客趨近，用英語問我，是否去市中心？然後跟我解釋，這班車是直達車，市中心不停，得在此處換車。我倆一聽，馬上跳起來跟著他下車，他帶著我們到達換車的月臺後，即揮手離去。我還未開始旅遊參觀，對德國的印象已大幅提升了！

慕尼黑城內，王宮、教堂、博物館、畫廊、古蹟處處，我們從早到晚，東奔西跑，獲益無數。德國南方民族，大口喝啤酒，大口吃肉，高興就引吭高歌，豪爽豁達，世界聞名的德國啤酒節（Oktoberfest），即在慕尼黑舉行。啤酒節場地就在我們旅館附近，當時正在積極趕工應付即將來臨的啤酒節。德國啤酒節與美國各地的秋收節（Fair Festival）類似，只不過規模更大、更瘋狂。當地流行的德國豬腳頗合中國人口味，配上德國的香醇啤酒，格外爽口，老爺子品嚐的不亦樂乎！

慕尼黑市郊，有聞名世界的BMW汽車工廠總部，老爺子早早即預訂了參觀行程。工廠幾乎全用機器人，汽車從一開始的鋼板切割、壓擠、焊接、安裝、噴漆，過程全自動化。全廠只有少數幾組工人監督過程和安裝軟管。幾百架機器人，左扭右轉，上上下下，重複動作，精準有趣，參觀者駐足觀賞，縱使非工程師，也百看不厭。拜訪古蹟，是瞻仰該國祖先的豐功偉業；參觀現代化建設，則顯現了該國人民的努力成就。德國，兩者得兼，令人敬佩！

我們從德國南部，一路開車到北部的柏林，沿途參觀古堡、王宮、高山、靜湖、博物館，玩得盡興。沿途吃餐廳，飯菜都真材實料，物美價廉。德國人工作勤奮，錙銖必較，飯店點菜，整桌客人各付各的，不足為奇。另加麵包或奶油，會問記在誰賬下？暗示沒有白吃的午餐，每樣東西都得付錢，實實在在，不佔你便宜也不讓你佔便宜，賬目清清楚楚。

金錢雖斤斤計較，服務卻絕不馬虎，和善幫忙也不少缺。幾次在城市問路，我講英文，路人講德文，雞同鴨講無法溝通，德國人乾脆帶我們到目的地。有一次，問一溜狗老人超市如何去？告訴我，左轉右轉，似乎很清楚，走到路底死路一條，正在迷惑，後面老人追上來，遠遠揮手指示左轉，他一直在關心注意著我們呢！

德國人，幽默感也不缺，德國導遊告訴我們：「西班牙語，像跟鄰居講話，大聲喧嚷；法國語，像跟女人講話，輕聲細語；德國語，像跟狗講話，『喝』來『喝』去。」德語中的「h」發音特多，一語雙關，形容的淋漓盡致！

到其他幾個非英語國家旅遊，我用英文問路，大部分人都很友善，樂於幫忙。偶爾，有人會轉身裝沒聽見，不敢回應；有人則避免眼光接觸，意圖躲避；有人則愣住，張口結舌，搖頭示意；德國人，都會面對面用德語回答，不管你懂不懂，自信從容。莫怪這個國家，永遠不落人後，國富民強！

① 慕尼黑王宮內的古物殿（Antiquarium）。
② 慕尼黑寧芬堡宮殿（Nymphenburg Palace）的石廳（Stone Hall）。
③ 慕尼黑北方的新天鵝堡（Schloss Neuschwanstein）綠頂白牆，歐洲有名的「夢幻城堡」。
④ BMW汽車總部大廈，慕尼黑市標，建築外型模仿賽車輪胎。
⑤ 柏林的地標，布蘭登堡門（Brandenburg Gate）。

①	②
③	④
⑤	

西班牙遊二三事

印象中，西班牙是個熱情浪漫的國家，法國作曲家比才（Georges Bizet）的歌劇《卡門》（Carmen），不就描繪西班牙女郎的多情善變？古典音樂中，隨便挑一曲描繪西班牙的曲子，譬如艾曼紐・夏布裡耶（Emmanuel Chabrier）的《西班牙狂想曲》，也是聽得人熱血沸騰，忍不住隨之起舞。舉世聞名的西班牙鬥牛更是瘋狂，鬥牛武士穿著花俏的緊身衣，一手持斗篷，另一手背負於身後，昂首翹臀，冷靜高傲，亦舞亦蹈，優雅耍牛，驚險迷人。我以為西班牙遊，不過是體驗熱情洋溢的佛朗明哥舞蹈和瘋狂的西班牙鬥牛罷了！其實不然，西班牙的文化、藝術、建築等都堪稱一絕。

我總奇怪，歐洲如此重法理的環境，怎會發展出西班牙如此獨樹一幟的熱情洋溢文化？翻開地圖一瞧，西班牙位於歐非兩大洲銜接之處，難怪文化既有歐洲藝術的成熟穩健，也藏有非洲原始的熱情奔放。歷史上，西班牙土地，曾被北邊歐洲的基督徒和南邊非洲的回教民族交迭統治，當地的藝術與建築也因此融合了兩教的特色，耐人尋味。藝術與建築以美為上，其他牽涉到政治、信仰或道德等的議題，都微不足道。兩派互不相容的宗教，融合後的藝術，卻是格外和諧優美，是否給了世人一點啟示？西班牙人雖熱情奔放，卻也頗為守法，路上的車子都規規矩矩遵守交通規則，典型的西方社會習俗。

我們旅遊西班牙，聞名的景點當然都造訪了，無需詳述。譬如，現代藝術之都巴塞隆納（Barcelona），高第（Gaudi）的現代藝術建築聖家堂（Sagrada Familia），自然曲線的歌德式教堂，獨一無二；畢卡索美術館，怪異變奏的現代畫，意義深遠；紮拉戈薩（Zaragoza）的石頭修道院（Monastery of Piedra），青山瀑布，鬱鬱蒼蒼，清靜幽爽；高山古堡多雷都（Toledo），猶基回三教交融的聖母瑪利亞猶太教堂（Santa María la Blanca），和諧優美；曠世名著唐吉訶德傳（Don Quijote de La Mancha）的風車場景，趣味無窮；格納達（Granada）的伊斯蘭藝術宮殿，阿爾罕布拉宮（Alhambra），精雕細琢，鏤花裝飾，繁複華麗，巍峨震撼；峭壁古城阮達（Ronda）的高山拱橋工程，險峻壯觀；莊嚴雍華的塞維亞（Sevelle）大教堂，改變世界歷史的航海家哥倫布棺槨，威風凜凜，掩蓋了西班牙王室的靈柩風光；美輪美奐的塞維亞宮殿，交融穆斯林教與基督教的建築藝術，嘆為觀止；艾斯科瑞的古典西班牙王宮（El Escorial），富麗堂皇，耀人眼目；馬德里（Madrid）的豪華西班牙王室宮殿（Palacio Real），金碧輝煌，奢華宏偉。旅遊的照片留影，儘是雄偉富麗堂皇的建築；溫暖於心的，卻是沿途遭遇的瑣碎小事和參觀小鎮塞哥維亞（Segovia）的感動。

在馬德里四處參觀奔波後，夜色漸垂，我和老爺子隨處逛街找餐廳吃飯。西班牙人晚餐極晚，不到九點無人上餐廳。大西洋隔岸來的我們，卻是七點不到已是饑腸轆轆。眼見一家餐廳門戶大開，空空蕩蕩無人，櫃檯上擺滿了垂涎欲滴的西班牙點心菜（Tapas），不作二想，立即踏入進食。我的西班牙語只能從一數到二，然而，點西班牙點心菜，一點都沒問題，肢體語言，西班牙人完全瞭解。我比手畫腳指指點點，幾盤菜已上桌擺在面前。我再次指著玻璃櫥櫃內的橄欖油泡小鯷魚排，詢問怎麼賣，店主拿出一隻大盤子示範，老爺子嫌太多吃不完，也惟恐小魚太鹹，阻止我點。我只好聳聳肩，作手勢告知太大盤吃不完，回到餐桌開始享用美食。店主不語，從櫥內撿出兩尾小鯷魚排，端到我餐桌上，豎起大拇指，頻道：「Good！Good！」催我品嚐，似乎意指好吃的東西，怎能錯過？我驚喜異常，馬上品嚐，的確鹹淡適中，鮮美無比，我回他個大拇指，店主呵呵大笑，手指點點自己，轉身離去。算賬時，發現賬單未包括小鯷魚，我跟店主指指小鯷魚空盤，再指指賬單，他微笑點點自己，我才恍然大悟，原來店主要請客！我當然是卻之不恭，多給點小費，酒足飯飽，心情愉快離去。

第二次造訪馬德里，又一次舊戲重演。老爺子特別喜好海鮮，我們沿街一家家餐廳跳著品嚐西班牙海鮮點心。這回，他老兄驚豔西班牙的玻砵章魚（Polbo a feira），吃罷，進博物館參觀。從博物館出來後，齒頰仍留香，念念不忘先前的美味，又衝入餐廳，想再點一盤西班牙章魚解饞。我執意換家餐廳嘗試，果然，這家餐廳更加美味實惠。我倆倚著吧檯，就酌美酒，津津有味地品嚐腴爽美味的章魚薄片。吧檯後的廚師手持利刃，頻頻指著面前的大火腿，豎起大拇指，推薦我點盤西班牙生火腿肉（Jamon）。我早已耳聞西班牙生火腿片的風滋美味，但礙於心裡作用，一向少食生肉生魚，乃微笑搖頭拒絕。老爺子雖愛吃生火腿肉，但與章魚片相比，魚與熊掌，寧取海鮮。廚師默不作聲，低頭切了四片生火腿肉，像花瓣般地排列於小盤上，又在中間點綴幾粒醃漬橄欖，手指點點自己胸膛，推到我面前。我受寵若驚，不好拒絕，只得硬著頭皮品嚐一小片。一入口，甜美豐腴的肉香充滿舌尖，果然不同凡響，與以往西班牙別處品嚐過的生火腿肉大不相同。我豎起大拇指，頻頻點頭，廚師見狀開心大笑，一付「早告訴妳，你不信」的滿意表情。結賬時，那盤火腿肉沒計入，我舉空盤詢問，廚師擺擺手，點點自己胸前，我再次體驗西班牙人的熱情和友善。西班牙廚師，似乎有惟恐食客錯失美食良機的「恨鐵不成鋼」心態。我身為家中大廚，家人若不懂享受本人精心製作的美食，也會搥胸頓足，忿恨惋惜不已！西班牙廚師，與我心有戚戚焉！

然後，前往馬德里北郊的一個小鎮，塞哥維亞（Segovia）參觀，另有一番心情，始料未及。小鎮有其歷史地位，資助哥倫布航海探險的西班牙女王伊莎貝拉（Isabella），當年就在塞哥維亞搶先登上王位寶座，穩定了自己的政權。小鎮中心有一座塞哥維亞古堡（Alcazar de Segovia），石砌城堡古色古香，據說，迪斯耐樂園睡美人的城堡即仿傚此處。伊莎貝拉幼年時，生活在古堡，嘗盡同父異母的哥哥，國王亨利四世的百般折磨擺佈，幾番波折，終於在亨利去世後，攫得王權，與夫婿亞拉岡國王費南多二世（Ferdinand II of Aragon）共同統治西班

①
② ③

① 塞哥維亞古堡
② 塞維亞宮殿交融穆斯林與基督教的建築藝術
③ 塞哥維亞兩千年的古羅馬水渠牆

牙，國家從此邁入世界強權。

小鎮真正震撼人心的，不是古堡，而是入口處一條七百多公尺長的兩千年古羅馬水渠牆（Aqueduct of Segovia），一塊塊長方型花崗岩，堆砌成拱門形，疊架兩層，總高二十八多公尺，約十層樓高。據導遊說，巨石之間未曾使用任何黏著劑。無人知曉水渠牆的確切建築日期，只知大略是在一世紀末或二世紀初的羅馬帝國時期。水渠橋刻意設計輕微斜度，利用水往低處流的物理原理，導引數十公里外的高山水，自然流到小鎮和古堡，供居民灌溉飲用。如此水渠高橋，縱使在今日的高科技環境下，都堪稱偉大建築，更何況完成於兩千前的人力社會？長距離的精準斜度，殊非容易，對古代工程師，仰之彌高，佩服的五體投地。

我對所有古羅馬水渠牆，情有獨鍾。水渠牆是尋常百姓的命脈，與其他古蹟建築相比，城堡、宮殿、或大教堂等，水渠牆花費的人力與金錢，微不足道。然，其他建築，都是帝王為圖自身享受，或好大喜功而蓋。水渠牆當初也可能主要是輸水給王公貴族而建，但其後卻是福澤廣大百姓眾生，意義大不相同。這座龐然大物的水渠牆，立在小鎮入口，居民日日進進出出，仰望觀瞻這維持自身性命的輸水系統，能不感動惜福？當年居住於此的伊莎貝拉，想必也是受這水渠牆的感召，立志改善前任哥哥的暴政，為民謀利，振興圖強。她初即位時，國家財政一塌糊塗，資助哥倫布出海探險，還是變賣自己珠寶首飾籌得的錢，的確是位為民著想的英明君主。記載，她即位後，也維修過水渠牆。

居民惜福感福，相對待人也和善大方，當地美食，烤乳豬，香脆嫩腴，美味可口聞名。廚師分食烤乳豬時，故意不用刀子，用瓷盤切分，以示肉質脆嫩，然後摔盤於地，慶祝大啖。據說，早期有一位廚師，持盤切肉後，手太油膩，盤子不慎滑落地面破碎大響，引來食客歡呼鼓掌，廚師將錯就錯，日後相約成習，非摔盤不足以盡興。仔細想想，民生若非富裕，怎堪吃乳豬？更甚者，每隻乳豬只分四份，一人一份，份量之足無人可盡食。同遊女士紛紛要求打包，歐洲餐廳無打包剩食習慣，此處餐廳卻極力配合，沒有容器就用錫箔紙勉強湊合帶走。

食畢，徒步閒逛小城消化腸胃，石板鋪路，階梯傴僂，巷弄曲折，幽寧安靜。當地奇特習俗，屋瓦反裝，凹槽朝天，饒有趣味。有些古屋，外牆裝飾歐洲中古世紀特有的技藝刻紋（Sgraffito），古意漾然。遠遠見水渠牆，昂然矗立，雄偉之姿，不輸萬里長城。一般民生建築，輸水或排水系統，僵直醜陋，深埋地下，無以得見，人們日日生活用之，視為當然，不知珍惜。如今，宏偉的輸水系統，呈現眼前，配以柔和的圓弧拱門支撐，美觀大方，儼然就是一件偉大的藝術作品，能不感慨工程師的智慧？能不感激施工者的一滴一汗，珍惜用水？

夕陽西下，花崗岩呈現耀眼金黃色彩，地面上映著一圈圈拱橋投影，構成美麗圖案。我凝視這靜默無聲的水渠橋，感動莫名。巴黎的鐵塔、紐約的摩天大樓、北京的紫禁城，也無以倫比啊！從來不知，出國旅遊能讓我如此感動！這趟西班牙遊的確盡興，也難以忘懷。

充滿詩情的愛爾蘭

愛爾蘭有一首膾炙人口的民謠《夏日最後玫瑰》（The last rose of summer），曲調婉約悱惻，哀怨悽美，我很喜愛。民謠是愛爾蘭詩人摩爾（Thomas Moore）一八〇五年寫的詩，愛爾蘭作曲家史帝文生（John Stevenson）譜的曲。詩，是感歎夏日最後一朵玫瑰，在同伴紛紛凋零飄落後，還兀自孤寂燦放，猶如老人在眾友都已凋逝，自己還孤獨苟活。其實，與我心有戚戚焉者不少，著名作曲家貝多芬就曾擷取該曲的旋律，譜成變奏曲《Six National Airs with Variation，Op. 105, IV》中的一首；另一古典音樂作曲家孟德爾頌也為該曲寫了一首幻想曲（Fantasia on the Last Rose of Summer），可見該曲受歡迎的程度。

玫瑰花，一般都予人高貴傲然鮮豔奪目的燦爛形象，在愛爾蘭人眼中，卻另有一翻解讀。愛爾蘭人看到的，不是炎炎夏日蓬勃綻放的嬌豔玫瑰，而是夏末枝頭顫顫猶存的最後一朵玫瑰。多愁善感的詩人情懷，表露無遺。為了想瞭解愛爾蘭人為何獨具慧眼於「夏日最後玫瑰」，我們決定到愛爾蘭一遊。旅遊前，我詳閱資料，才發現原來愛爾蘭有一籮筐著名的作家和詩人。

愛爾蘭的鄉村景色如畫，林木鬱鬱蔥蔥，山青草綠，肥嘟嘟的羊隻點點散佈於如茵的草坡上，低頭悠閒吃草，溫馨平和。然而，氣候卻變化萬千，晴時多雲偶陣雨。一日之內，一陣晴一陣雨，太陽時隱時現，彩虹也是隨顯隨逝，讓我想起四〇年代好萊塢影片《綠野仙蹤》（The Wizard of Oz）的主題曲〈飛越彩虹〉（Over the Rainbow）。愛爾蘭是否就是那彩虹彼端的美麗土地？或者，晴空經常出現美麗的彩虹，讓愛爾蘭人更富文學想像力？

愛爾蘭首都都柏林（Dublin）是人文薈集的大城市，舉世聞名的愛爾蘭作家和詩人都在此留有痕跡，城內充滿了濃郁的文學氣息。一九一八年，喬伊斯（James Joyce）出版的小說《尤利西斯》（Ulysses），最能代表都柏林。小說描述一位廣告推銷員，在都柏林生活奔走一晝夜的經歷，市內街道商店，筆筆進入小說故事中。據說，小說的名字是拉丁字，源自希臘神話英雄「奧德修斯」（Odysseus）的拉丁拼法，故事內容也與荷馬史詩《奧德賽》（Odyssey）平行對應，意義艱深。小說既是以都柏林為背景，城內處處都有小說的標誌和引句。

我幼年時讀的津津有味的童話故事《小人國歷險記》（A Voyage to Lilliput）和《大人國歷險記》（A Voyage to Brobdingnag），讀了愛爾蘭資料，才知是斯威夫特（Jonathan Swift）於十八世紀寫的《格列佛遊記》（Gulliver's Travels）中的兩個章節。書中隱含的諷刺意味，也直到瞭解愛爾蘭與英格蘭間宗教政治衝突的歷史後，才稍有所悟。當年，崇尚新教的英格蘭王室對信仰天主教的愛爾蘭人民高壓統治，導致愛爾蘭人不滿和反抗鬥爭不斷，小說就是影射諷刺當時的愛爾蘭王室和貴族壟斷的議會。

我與老伴穿梭於城內的窄巷狹弄，尋幽訪勝，在都柏林古堡（Dublin Castle）附近，偶然抬頭，見城門上釘著一塊小石牌，寫著「一六六七年十一月三十日喬納森・斯威夫特出生於離此一百呎處」，讓我興奮無比。古蹟雖已不存，穿越城門抬頭看到牌子，仍能發思古之幽情。斯威夫特曾是都柏林聖派翠克國家大教堂（Saint Patrick's Cathedral）的院長，死後即埋葬於該教堂的墓園裡。

都柏林有一座設計新穎美觀的現代化鋼索橋，橋名為「薩繆爾貝克特橋」（Samuel Beckett Bridge），原來是紀念一九六九年諾貝爾文學獎得主的愛爾蘭作家貝克特。貝克特的著名荒誕話劇《等待果陀》（Waiting For Godot），在早期台灣的大學校園裡，曾風靡傳誦一時。劇情隱含的人生意義深遠，耐人尋思。

我最感興趣的是王爾德（Oscar Wilde）一八九〇年的創作《格雷的畫像》（The Picture of Dorian Gary）。故事敘述年輕俊美的少年格雷，為了留住青春與美顏，請一位畫家為其畫像，並與魔鬼許下願望，讓畫像代替自己老去。恐怖的是，隨著時光的流逝，格雷外表完全沒有老化，畫像則一日日變老變醜。如此驚世駭俗又含深度意義的科幻故事，百年過去，仍耐人尋味，值得世人深思。都柏林公園內，立有王爾德玩世不恭的雕像和其睿智的語句。其中一句：「我總是把好的建議傳遞下去，這是對此建議唯一可做之事，因為建議本身沒啥用處。（I always pass on good advice. It is the only thing to do with it. It is never any use to oneself.）」想到今日電子網路

①
② ③

① 愛爾蘭地區的彩虹時顯時逝，鄉村美景如畫。
② 位於愛爾蘭首都都柏林市的都柏林古堡。
③ 都伯林市設計新穎的鋼索橋，乃為紀念諾貝爾文學獎得主貝克特的大橋。

便捷，許多人往往不用大腦，隨手傳遞網路訊息給朋友，忍不住會心微笑。

都柏林的三一學院（Trinity College）是培育上述幾位名作家（喬伊斯除外）的搖籃。哲學家柏克萊（George Berkeley）也出身於該校，聽說，加州柏克萊大學和耶魯大學的柏克萊學院，都是為了紀念這位哲學家而用其名，可見其受學界之推崇。我耳熟能詳的數學家哈密頓（William Hamilton）和諾貝爾獎物理學家沃爾頓（Ernest Walton），也是該校的傑出校友。學院在學術界的地位，可想而知。

學院內有一座老圖書館，珍藏著愛爾蘭國寶《凱蘭書卷》（Book of Kells），推測大約是八世紀時，愛爾蘭僧侶用裝飾文字書寫的一本手抄本聖經，其圖案文字之繁雜華麗，嘆為觀止。其實，更讓我驚豔的是圖書館本身，古典木質書架層層疊起，排長廊深入，典雅狀觀。我看到圖書館玻璃櫃內，陳設一隻十五世紀的骨董豎琴，文字解釋此為愛爾蘭國徽，頓時大悟，原來愛爾蘭民謠的美妙動聽，其來有自，愛爾蘭人自古就是音樂民族啊！

愛爾蘭的酒吧夜夜笙簫，歌聲不斷。都柏林酒吧有著名的「音樂主題酒吧爬行」（music-themed pub crawl），歌手在數家酒吧遊走，彈唱愛爾蘭民謠，我們跟隨追逐欣賞，別有一番風味。愛爾蘭人不僅能歌，還善舞。偶爾，酒吧會穿插表演一段大河舞（River dance），舞者上身挺直不動，腳下繁忙踢踏，舞鞋乒乓敲擊地板，節拍響徹雲霄。舞畢，香汗淋漓，氣喘如牛，在如此寒濕的島嶼氣候，不失為最佳娛樂運動。

據說，愛爾蘭的酒吧與教堂，同為當地社會不可或缺的生活文化。導遊告訴我，愛爾蘭從十八世紀起，就有不成文的酒館法律，譬如，在酒吧結婚不被視為合法婚姻；再者，酒吧店主若賒帳給鬼酒，討債不成咎由自取，法庭完全不受理控訴。我聽後，忍不住哈哈大笑。想到李白的〈將進酒〉：「與君歌一曲，請君為我傾耳聽。鐘鼓饌玉不足貴，但願長醉不復醒。」或者，酒吧的歌舞和酣醉文化，為愛爾蘭的詩文，注入了不少靈感？

我們在愛爾蘭最西端的丁格爾半島（Dingle Peninsula），雖是秋高氣爽月份，已體驗到大西洋強風斜雨的苦寒。當地一尊愛爾蘭語作家奧康羅漢（Tomas O'Crohan）雕像，手壓帽緣，大衣衣角被強風撩起，低頭困苦逆風而行。我猛然覺悟，難怪愛爾蘭人有「夏日最後玫瑰」的感慨，如此悽風悽雨的氣候，心情難免哀愁悲觀。

愛爾蘭人地處惡劣氣候島嶼，數百年來，在政治和宗教上頻受鄰國擠壓，嚐盡苦難顛波的歷史，卻還能處之泰然，載歌載舞，創作文學詩詞作品，在世界舞臺頻放異彩。一九二三年的諾貝爾文學獎得主，愛爾蘭詩人葉慈（William Yeats）葬於島嶼西北角德拉姆克利夫（Drumcliff）小鎮的教堂內，他在自己墓碑上題的墓誌詩是：「冷眼旁觀人生和死亡，騎士，走吧！」（Cast a cold eye on life, on death. Horseman, Pass by!）我不禁讚嘆，愛爾蘭人確實是個有智慧、有深度的民族，他們懂得冷眼旁觀人生和死亡！

①
②

① 都柏林的三一學院老圖書館內珍藏的15世紀愛爾蘭豎琴，乃愛爾蘭的國徽。

② 愛爾蘭最西端丁格爾半島的愛爾蘭語作家奧康羅漢雕像，顯現當地強風寒雨的惡劣氣候。

悲傷的蘇格蘭民謠

每年歲末除夕子夜倒數計秒後，電視台和電台都會播放一首人人能隨口哼唱的曲調〈友誼長存〉（Auld Lang Syne）。此曲耳熟能詳，幼年時，台灣學校在畢業典禮時，就是唱這首〈驪歌〉。來美之後，我每年歲末聽此曲，卻從未細聽其中歌詞。我以想當然耳，認為送舊迎新之際唱此曲，必是道別舊年的自己，從未深入研究此曲從何而來。到蘇格蘭旅遊之前，朋友建議探索研究蘇格蘭民謠，我才發現，原來此曲是一首蘇格蘭民謠。

曲子是十八世紀的蘇格蘭詩人伯恩斯（Robert Burns），根據當地父老口傳，整理紀錄，寫成詩歌，配上蘇格蘭民謠曲調，成為流行世界的名曲。詩的內容本為懷念舊友，因此台灣學校用於畢業典禮的驪歌，完全正確。幼年時，我的國學基礎有限，懵懵懂懂，還以為是「離」歌，其實「驪歌」源自於李白的詩句：「正當今夕斷腸處，驪歌愁絕不忍聽。」

我們當年唱的中文驪歌，大都經過國學大師的翻譯潤飾，詞句典雅押韻，不再重述。我只將伯恩斯詩詞的第一段，用我自己的白話翻譯如下：

怎能忘記舊日朋友？
心中哪能不懷念？
舊日朋友豈能相忘？
友誼天長地久！

伯恩斯發表此詩歌後，蘇格蘭人愛之不已，總會在除夕當日演唱此曲，漸漸演變成一種習俗。然後，隨著移民，習俗散播於全世界，成為西方世界在送舊迎新跨年之時，必要演奏的一首曲子。

此曲也是好萊塢四〇年代黑白電影《魂斷藍橋》（Waterloo Bridge）的主題曲，該電影描述一位蘇格蘭軍官和芭蕾舞舞女之間的一段悽美愛情故事，以蘇格蘭民謠為主題曲，恰如其所。其實，電影的中文譯名「魂斷藍橋」，也有典故。《莊子盜蹠》篇敘述：「尾生與女子期於梁下，女子不來，水至不去，抱樑柱而死。」尾生老兄是十足的癡情漢，寧可抱柱淹死，也不願爽女子之約。根據《西安府志》記載，這座橋就在陝西藍田縣的蘭溪上，稱為「藍橋」。尾生先生魂斷藍橋，因此成了男女一方爽約殉情的成語。電影裡，男、女主角相識於倫敦的滑鐵盧橋上，女子為了男友榮譽，爽婚約離去，最終逝於橋上。當年用「魂斷藍橋」做為電影的中文譯名，恰如其分。我不禁讚嘆，該翻譯員實為深諳中國古典文學的高手也！

電影內，其實插有另一首著名的蘇格蘭民謠〈羅莽湖〉（Loch Lomond），歌詞內容更令人感動，只不過在電影中是背景音樂，一般人不會注意。

羅莽湖位於蘇格蘭高地，是英國境內水體面積最大的淡水湖，湖水藍綠，島嶼點點，風景優美。聽說，羅莽湖內島嶼的數目會隨著水位的高低而變化。我總認為，美麗的景點一定隱藏著美麗的故事。果然，在巴士駛往該湖時，導遊為我們介紹蘇格蘭民謠〈羅莽湖〉的歌詞意義。該民謠曲調優美不在話下，故事卻極為悲傷。

歷史上，北邊的蘇格蘭與南邊的英格蘭一直紛爭不斷。蘇格蘭民族有自己的語言、文化、宗教、信仰和習俗，一直想獨立自主；英格蘭則考量北邊高地，易成為敵人南下入侵的門戶，所以必要掌控蘇格蘭土地和王權，以利自己國土安全。兩國戰爭，無可避免。蘇格蘭人樸實勇猛卻無謀，英格蘭軍隊則訓練有素，善於計謀，勝敗成了定數。據說，在十八世紀的卡倫頓戰役（Battle of Culloden）後，蘇格蘭羅莽湖畔高地的軍隊戰敗，英格蘭軍人將蘇格蘭俘虜分成兩人一組，或者兄弟、或者父子、或者鄉親、或者朋友，讓他們玩選擇生死的殘酷遊戲。只有一人可以存活，另一人必須死亡，兩人自己決定誰生誰死。這首民謠，就是由選擇死亡的俘虜，對自己袍澤唱的悲歌。歌詞的大概意思如下：

啊！遠在美麗的湖畔，遠在美麗的湖畔，
陽光照曜在羅莽湖上，
我和我的真愛永不相見，
在美麗的湖畔，美麗的羅莽湖畔。
你走高路，我走低路，
我比你先到蘇格蘭，
但我和我的真愛永不相見，
在美麗的湖畔，美麗的羅莽湖畔。

遠在幽暗的山谷我們分離，
在峻峭的羅莽山邊我們分開，
高山籠罩著紫色霞光，
明月在昏色中升上。
你走高路，我走低路，
我比你先到蘇格蘭，
但我和我的真愛永不相見，

在美麗的湖畔，美麗的羅莽湖畔。

小鳥歌唱，野花開放，
湖水在陽光下進入夢鄉，
但破碎的心不再相認，也不再有春天，
雖然春天能解心憂。
你走高路，我走低路，
我比你先到蘇格蘭，
但我和我的真愛永不相見，
在美麗的湖畔，美麗的羅莽湖畔。

導遊解釋，蘇格蘭民間傳說，在外地死亡的靈魂，只能走「低路」回到故鄉。歌曲中，「你走高路」意指你走人間道路，「我走低路」則是我走冥間之路，我的靈魂當然比你的血肉之軀早早抵達蘇格蘭，可是在羅莽湖畔，我將永遠見不到我的愛人。哀哀悽悽，愁腸寸斷，感人肺腑！

① ②
③

① 卡倫頓戰役的壁畫，該戰役是民謠〈羅莽湖〉的起源。
② 頭戴高帽的古典蘇格蘭紳士藝術模型。
③ 位於蘇格蘭高地的羅莽湖，風景優美，島嶼點點。

另有一說，此曲乃戰死軍人對羅莽湖畔家鄉愛人的思念。若是如此，則與中國《詩經》的〈邶風‧擊鼓〉異曲同工：「死生契闊，與子成說。執子之手，與子偕老。於嗟闊兮，不我活兮。於嗟洵兮，不我信兮。」這位出征在外的將士，雖在臨別前與妻子誓言，必要執子之手，與子偕老。如今，卻是一人在天涯，另一人在海角，恐怕無法再活著相見，誓言也就無法信守了。同樣悲悽感人。

蘇格蘭民謠不勝其數，而且曲曲悅耳動聽，古典音樂作曲家當然不會忘記取之譜成大曲。經朋友解說，我才得知德國作曲家馬克斯布魯赫（Max Bruch）一首膾炙人口的小提琴協奏曲〈蘇格蘭狂想曲〉（Scottish Fantasy），其實擷取了不少蘇格蘭的民謠曲調，堪稱音樂界的傑作，讓人百聽不厭。該曲包括的蘇格蘭民謠，我就從未聽過，真是孤陋寡聞。我的感覺是，布魯赫的《蘇格蘭狂想曲》也是哀淒抑鬱，引人傷感。大作曲家海頓（Joseph Haydn）也曾把蘇格蘭名謠〈風鈴草〉（The Bluebell of Scotland），寫成鋼琴三重奏的伴奏曲。〈風鈴草〉的曲調則比較輕快流暢，我們從小就能朗朗上口，眾人都熟悉，不再贅述。

旅遊回來，我才發現，蘇格蘭民謠是如此美妙悅耳，已深入世界各角落。本以為蘇格蘭人是頭戴高帽，穿著長長黑色紳士禮服的嚴肅民族，想不到竟是如此多愁善感的音樂民族。

蘇格蘭最受推崇的作家華特司考特

我們到蘇格蘭旅遊時，途經蘇格蘭最大城市格拉斯哥（Glasgow），繁華的市中心有個廣場，為紀念英國國王喬治三世（George III，1738-1820）而建，名之為喬治廣場（George Square）。奇怪的是，廣場中心有座雕像，並不是喬治三世，而是蘇格蘭作家華特司考特（Walter Scott，1771-1832）。好奇心指使下，我去查資料，原來，該處本來要豎立喬治三世雕像的，後來因為英帝國與美洲殖民地開戰，英國戰敗，美國宣告獨立，人民憤怒，乃在一八三四年決定改立蘇格蘭作家司考特的雕像。疑問是，司考特是何許人？為什麼蘇格蘭人這麼崇拜他？更甚之於國王？

疑團未解，我們又繼續旅行至蘇格蘭首都愛丁堡（Edinburgh）。愛丁堡是蘇格蘭第二大城，市中心也有一座二百英呎高的維多利亞歌德式紀念塔亭，建築物雄偉壯觀，亭內坐著一座雕像，也是司考特。資料上說，這是世界上最大的一座紀念作家的建築物。

我對外國文學，一向孤陋寡聞。不過，幼年時，倒是非常癡迷翻譯小說。我知道蘇格蘭有一位寫童話故事《小飛俠》（Peter Pan）的巴里（J. M. Barrie）；寫冒險傳奇小說《金銀島》（Treasure Island）

的史蒂文生（Robert Louis Stevenson）；還有寫偵探小說《福爾摩斯》（Sherlock Holmes）的柯南・道爾（Arthur Conan Doyle）。這些小說，都是我當年讀的津津有味的名著。正因為孤陋寡聞，我所知道的蘇格蘭作家，應該都是赫赫有名或是膾炙人口的。這些世界有名的蘇格蘭作家，都沒有被立雕像，我不認識的作家司考特卻處處雕像，備受推崇，怎麼回事？司考特到底是誰？旅遊回來後，我整理照片和資料，才瞭解司考特對蘇格蘭的貢獻極大，絕對實至名歸。

司考特出生於一七七一年的蘇格蘭愛丁堡，是詩人也是作家，他最有名的小說是一八一四年匿名發表的《威弗萊》（Waverley）。「威弗萊」是書中一位英格蘭軍人的名字，我懷疑作者用此名有雙關語意，因為英語「Waver」有兩面倒之意，與小說的故事情節正好相應和。故事的時代背景是在一七四五年，正是蘇格蘭高地對抗英格蘭王室統治的內戰時期，與我另一篇文章〈悲傷的蘇格蘭民謠〉內，提到的蘇格蘭民謠〈羅莽湖〉（Loch Lomond）起源，是同一內戰事件。

威弗萊原本在英格蘭皇家軍隊服役，旅行至北邊蘇格蘭高地，愛上蘇格蘭高地反叛軍的一位女英雄，轉為支持同情反叛軍。這部小說發表後，異常受歡迎，導致他後來發表的幾部有關蘇格蘭高地的歷史小說，都被介紹為「《威弗萊》小說的作者」，而不直接稱呼其名。更甚者，由於這部小說，愛丁堡中央火車站還命名為「威弗萊火車站（Waverley Train Station）」，可見這部小說對蘇格蘭影響之巨。我猜測，司考特在小說中，表現出包容英國南北兩地民情差異的慈悲心，引發蘇格蘭大眾對他的尊敬和崇拜吧？

認識司考特後，我才發現我們拜訪過的幾處蘇格蘭古蹟，或多或少都與司考特有關。譬如，愛丁堡古堡（Edinburgh Castle）內有一間特別房間，展示蘇格蘭的三件國寶：蘇格蘭王室的王冠、權杖和寶劍。這三件寶物以往是代表蘇格蘭國家最高權力，從十六世紀開始，歷代蘇格蘭國王或女王加冕時，都以此三件寶物代表承傳的寶器，代代相傳。一七〇七年，蘇格蘭和英格蘭兩國協議，聯合成立大不列顛王國（Kingdom of Great Britain），這三件寶物因此不再代表任何意義，於是被鎖進了箱底，完全被世人遺忘。直到一八一八年，司考特與其他幾人組團，考古搜尋，從愛丁堡古堡內的一口大箱子裡找到，寶物才重見天日，成為公共展示的國寶。司考特找出寶物的貢獻，恐怕就值得蘇格蘭人民永遠感激了。

好萊塢有一部賣座奧斯卡金像獎影片《勇者之心》（Braveheart），由大明星梅爾・吉勃遜（Mel Gibson）自導自演，影片宣稱是敘述十四世紀蘇格蘭民族英雄威廉・華勒斯（William Wallace）的英勇故事。我在旅遊蘇格蘭之前，不知電影與史實不完全符合，對電影內容也極為感動。旅遊蘇格蘭之後，才發現電影劇情大部分是編造，缺乏真實性。不過，蘇格蘭與英格蘭世代仇恨，戰爭不斷，則是事實。

電影裡，華勒斯是蘇格蘭的英雄，也沒錯。但「勇者之心」的典故，其實來自於羅伯特・布魯斯（Robert Bruce），也就是電影裡背叛華勒斯的蘇格蘭貴族。布魯斯是十四世紀領導蘇格蘭獨立後的蘇格蘭國王，應該也是蘇格蘭的民族英雄。華勒斯從一開始就有非常明確的目標，一直戰鬥對抗英格蘭王室軍隊至死；布魯斯則投機取巧，搖擺不定，反覆無常。最終他悔悟了，循著華勒斯生前的腳步，領導蘇格蘭獨立。布魯斯晚年感到自己當年為家族利益，在政治上反覆無常和利用盟友的忘恩負義行徑，頗為可恥，乃決心發動十字軍東征來洗脫自己罪孽。無奈當時他已病入膏肓，無法親身踐履。於是，在臨終前，囑託其忠誠部下道格拉斯・詹姆士（Douglas James）領導隊伍，請求他在自己死後，將心臟從屍體取出放在盒裡，帶著一起出征。

詹姆士信守諾言，將其心臟裝在銀盒裡，掛在自己脖子上，出征至西班牙。蘇格蘭民間傳說，詹姆士在征戰中受到敵人埋伏，在殊死戰時，取下掛在頸項的銀盒，用力丟向敵前，大喊：「勇敢的心！向前衝吧！猶如以往一樣，我道格拉斯會追隨你戰死！」「勇者之心」的名號因此而來。不過，史詩敘述詹姆士是在戰事一開始，就丟出勇者之心，似乎不夠壯烈感人。是司考特在其蘇格蘭的民間傳說著作《祖父說的故事》（Tales of A Grandfather）裡，為他塑造了在戰死的前一刻，才衝到敵人陣前，用力丟出勇者之心，大喊壯烈犧牲的一幕，讓「勇者之心」成了蘇格蘭人更樂於傳誦的傳奇故事。

司考特生前收集蘇格蘭民間傳說故事，不遺餘力，對蘇格蘭歷史和民俗的貢獻極大。難怪蘇格蘭人熱愛他，死後更備受懷念。司考特不只寫蘇格蘭歷史小說，也寫英格蘭和歐洲歷史小說。可見他並不是狹隘的民族主義者，除了關注蘇格蘭的傳統歷史，也鼓勵世人尊重其他民族的文化。

一七四六年，英格蘭王朝鎮壓弭平蘇格蘭反叛軍後，曾一度禁止蘇格蘭人穿其傳統的蘇格蘭裙，一七八二年後才撤銷禁令。司考特在一八二二年建議英國國王喬治四世穿著蘇格蘭裙，到蘇格蘭高地拜訪，以示英格蘭王室對蘇格蘭民眾的友好。顯然，

愛丁堡市司考特紀念塔內的司考特雕像。

愛丁堡古堡大門兩邊，立著布魯斯和華勒斯的雕像。

蘇格蘭布雷爾古堡（Blair Castle）前穿蘇格蘭裙的風笛吹奏手。

他雖竭力著述蘇格蘭高地對抗英格蘭的歷史小說，並不鼓勵南北戰爭對抗，他其實更希望蘇格蘭民眾放下與英格蘭民族的宿怨，和平共處。據說，後來大眾對喬治四世穿的粉紅色系蘇格蘭裙，批評很沒品味，怪罪於司考特，也算是一段輕鬆有趣的小插曲。

子曰：「有德者必有言，有言者不必有德。」能著書立言者不見得有德，不過聽說，司考特私下為人非常正直義氣，他投資的印刷廠經營失敗，財務發生困難，他並沒有宣告倒閉，一走了之，反而是獨自一肩承擔所有債務，拿自己苦心經營的莊園作為抵押，然後竭力寫作賺錢還清債務，由此可見其負責任的正直個性。

旅遊蘇格蘭後，我才認識司考特其人其事。孔老夫子曾言：「仁者必有勇；勇者不必有仁。」我雖感動詹姆士「勇者之心」的勇猛和忠誠，司考特的仁德兼備，更勝於善戰猛鬥的勇者。依照孔老夫子之言，司考特應稱得上「仁者」，蘇格蘭人為其立紀念雕像，當之無愧。

以色列人文之旅

大部分人到以色列旅遊，主要是拜訪聖城耶路撒冷。的確，聖城乃世界三大教（基督教、回教和猶太教）的重要古蹟，當然不容錯失。不過，西方文明與《聖經》息息相關，也就相當於與猶太人的歷史密不可分，欲瞭解歐洲文明，是否該先瞭解以色列的人文歷史？

西方崇尚的基督教其實起源於猶太教，耶穌也是猶太人，旅遊歐洲時，卻處處聽到猶太人被迫害的歷史，讓人百思不解。一次，我終於忍不住問導遊，為什麼歷史上歐洲人這麼仇視猶太人？導遊解釋，理由有三，一是猶太人善於經商理財，借錢給他人，錙銖計較必加算利息，予人剝削他人的「富而不仁」印象；二是中世紀歐洲爆發黑死病，猶太人因宗教信仰，處理食物有特殊程式，受害有限，導致引人疑竇為散播病菌的放蠱者；三為宗教仇恨，聖經記載耶穌被猶太人害死，西方基督教社會因之遷怒於猶太人。似乎言之有理，但我仍想親自求證，因此到以色列旅遊時，我特別注意猶太人的風俗習性和人文發展。

不同的工作周曆

西方宗教認為神創世界，工作六日後，第七日休息。早期社會遵循這個體制，乃製訂了一周七日，工作六日的循環。同時，又一直聽說，周日為一周之始，若如此，早期人類豈不是異於神，先在周日休息，周一才開始工作？我的疑惑從未獲得解答。

旅遊以色列前，我細讀資料，知道猶太教的安習日，自古就訂在周五的日落之後至周六的日落前。我大惑不解，如此計算，豈不是一周的第六日才是安息日？直到抵達以色列後，才驚然發現，原來中東的猶太人和阿拉伯人都是周日到周四工作，周五和周六休息。頓時恍然大悟，疑惑完全自解。

根據《舊約聖經》故事，亞伯拉罕（Abraham）夫婦，晚年得子，名之以撒（Isaac）。以撒的幼子雅客布（Jacob）與神較力獲勝，改名以色列（Israel），成為日後以色列人的始祖。亞伯拉罕另有一妾，生子以實瑪利（Ishmael），為後來伊斯蘭教阿拉伯人的祖先。因此，世人統稱猶太教、基督教和回教為亞伯拉罕信仰（Abrahamic Religion）。三教皆源於同一始祖亞伯拉罕，歷史上卻互相殘殺，爭鬥不休，同父異母的兄弟鬩牆數千年無止無盡，是否很諷刺？

頑強的猶太人

根據猶太聖經紀錄，猶太人最輝煌顯赫的時代，是在西元前十世紀所羅門王統治時期，猶太人對之崇拜無比。所羅門王在耶路撒冷蓋了猶太人一直念念不忘的第一聖殿（First Temple），聖殿在四百多年之後，毀於巴比倫王國人之手。猶太人後來在舊址重蓋第二聖殿（Second Temple），西元七〇年，羅馬帝國攻佔耶路撒冷又摧毀第二聖殿，猶太人被驅逐離開巴勒斯坦地區，從此流散世界各地。現今義大利羅馬市區，仍有西元一世紀的古蹟提圖斯凱旋門（Arch of Titus），記錄著這件大事，門牆浮雕描繪羅馬軍扛著猶太聖殿的祭祀聖器，凱旋而歸。

另人驚訝的是，事隔二千年之後，猶太人竟不忘祖先的期許，回到耶路撒冷重新立國。不僅如此，猶太人

羅馬市內矗立的西元一世紀古蹟提圖斯凱旋門，乃紀念羅馬帝國攻佔耶路撒冷的勝利標誌。

以色列一座藝術雕像，蒼老曲背的猶太人歷經滄桑提著家當，終於回到自己的國家，惹人傷感。

的古宗教、古言語（希伯來語）、古聖經（希伯來語聖經），無一不承襲傳存下來，讓人不得不讚嘆猶太人的堅韌和頑強。

猶太人的頑強尤其表現在離耶路撒冷不遠處的一個歷史古蹟——馬薩達（Masada）。羅馬帝國摧毀第二聖殿後，各處猶太人不斷起義反抗，起義軍最後佔領馬薩達為據點。馬薩達是希律王（Herod the Great）西元前三十七年，在一座岩石山頂上蓋的碉堡，地勢險峻，易守難攻。西元七十二年，羅馬帝國派兵攻打馬薩達，猶太起義軍被圍困了二至三個月後，自忖無法再繼續抵抗，就抽籤決定十名士兵，在最後一夜，殺死堡內所有居民。然後，其中一名士兵負責殺死其他九位同袍，最後自己自殺。猶太人寧做自由鬼，也不願做奴隸人。隔日淩晨，羅馬軍湧入無聲無息的死城，發現九百六十名屍體橫呈，肅然起敬。至今，以色列軍人仍常以「毋忘馬薩達」（Remember the Masada）作為激勵的口號。一九八一年，好萊塢曾拍攝一部影片《馬薩達》，由大明星彼得奧圖（Peter O' Toole）主演，即描述此故事。

我們旅遊以色列時，恰逢猶太人的大節日逾越節（Passover），當地導遊順時與我們一起過節，介紹猶太文化，共同體驗逾越節的儀式。六〇年代的好萊塢電影《十誡》（The Ten Commandments），仔細描繪了逾越節的故事。根據《舊約聖經》的《出埃及記》記載，摩西準備帶領猶太人離開埃及的前一晚，告誡猶太人把門和門框塗上羊血，因為上帝準備夜晚巡擊埃及人，殺死所有埃及人的第一胎孩子。但，只要門上有羊血記號的房子，就會越過不殺，此為逾越節的由來。

在逾越節的儀式中，我們吃無酵餅、苦菜、喝紅酒，輪流朗誦逾越節由來的故事。吃無酵餅是因為當年猶太人倉促逃離埃及，身邊攜帶的乾糧和麵包來不及發酵，因此無酵餅是為了重啖當年之苦的緬懷食物。原來，逾越節並不是大吃大喝的家庭聚餐，而是思苦念舊的緬懷晚餐。家長在逾越節餐桌上，對子女耳提面命，毋忘祖先在埃及為奴的苦難，以及感懷上帝出手相助的恩惠。最後，還不忘禱告：「明年在耶路撒冷過逾越節。」猶太人年年如此提醒下一代，莫怪千年之後，子孫不忘回到耶路撒冷立國。

以色列奇蹟

猶太人勤儉刻苦世界有名。在以色列，更是表露無遺，處處製造奇蹟。以色列地處沙漠，土地貧瘠，水源有限，當地人卻能胼手胝足，栽種出各種蔬菜果實外銷。我們旅遊巴士在郊區行駛途中，窗外原本是一大片土黃色的貧瘠荒漠，寸草不生，驀然見一大叢綠意盎然的果樹，整齊排列，明顯是人工栽種，也不時看到塑膠棚搭建的綠油油蔬菜園，迅速閃過。然而，果樹和菜園四周的土地，仍是寸草不生。我不禁讚嘆，那是多少辛勤勞力，與大自然抗衡的成果啊！

以色列四周都是以游牧為生的阿拉伯民族，游牧民族四處追逐草原，靠天吃飯，若無礦產，一輩子貧窮無助。猶太人偏不信邪，國家無資源也無礦產，卻能異於周遭環境的游牧習性，以人力勝天，輸水灌溉，墾植沙漠，改以農業和畜牧為主，經濟富庶，民生無慮，怎不令人佩服的五體投地？

獨特的合作社群

以色列立國後，政府竭力鼓吹錫安主義（Zionism），鼓勵流散世界各地的猶太人，回國移居巴勒斯坦地區。巴勒斯坦大都是貧瘠荒漠，窮鄉僻壤，個人單獨拼幹，能力有限，困難重重，乃發展出以群力開墾荒地的基布茲社群（Kibbutz）。基布茲有點類似共產主義的人民公社，社員工作沒有工資，食、衣、住、行、醫療費用全由社群負責。但，不同於人民公社，每個人可以自由參加或離開，也可以擁有少量私有財產，社區內所有規則和決策全由社員群體共同製定。在農墾畜牧勞力密集的初級階段，基布茲確實替單一個體，提供了生活支柱和立足之地，功不可沒。然而，無工資吃大鍋飯的社群制度，也漸漸擋不住外界資本主義的誘惑，基布茲現在開始轉變成注重資產增加、投資賺錢、獎勵員工努力營運的資本主義合作社群了。

我們到戈蘭高地（Golan Heights），以色列邊界靠近敘利亞和約旦交界處的一座基布茲參觀。社區內花木扶疏，宿舍、餐廳、游泳池、幼兒院、醫務室樣樣俱全，該社區以畜養乳牛為業，後來另闢工業閥的製造廠來增加社區財源。看著幼兒們在社區內蹦跳快樂的生活，不禁懷念起台灣當年的眷村。

我們住的別墅小木屋，也是由該基布茲經營。四周風景優美，遠眺加利利湖（Galilee），恬靜幽雅，人間仙境。然而，入夜後，天氣驟變，狂風暴雨，呼嘯風聲，整夜不止，驚心動魄。我躺在床上，聽著風聲雨聲，想像當年這些拓荒者住在簡陋木屋，日出而作日落而息，奮力抗拒狂風暴雨，孜孜不倦工作的逆境，忍不住嘆息，猶太人的歷史和生活，實在太辛苦了！

宗教自由發展

想當然耳，以色列境內以猶太教為主。拜訪以色列後，才瞭解猶太教還分三派：改革派（Reform）、保守派（Conservative）和極端正統派（或稱哈雷迪派）（Ultra-Orthodox or Haredi）。大部分以色列人或者是保守派，或者是改革派（亦稱世俗派），他們的生活和穿著與西方世界無所不同，思想開放，工作認真。

極端正統派則自認傳承古代猶太教的正統教規，生活極為保守嚴謹。男子都穿黑色過膝長外套、黑長褲，白襯衫、戴黑帽、蓄長鬍，兩鬢還留著螺旋捲曲的鬢髮，據說，猶太教義禁止利刃接觸肌膚，男子因此不刮鬍鬚。在以色列，我們碰到如此穿著者，常常手捧聖經，口中唸唸有詞，不斷搖晃身體，頻頻點頭禱告，惹人側目。

我們受邀到一位極端正統教派的家庭作客，發現在二十一世紀的今日，該教還要求男女隔離。耶路撒冷的西牆前，男女隔開禱告，就是他們訂的規則。年輕人的婚姻也需由長輩或教會安排，雖然他們不承認是媒妁婚姻，辯稱只是安排男女見面，仍需雙方首肯才談論婚嫁。

哈雷迪教派的男女都很早婚，由於禁止節育，一個家庭往往有七到十八個孩子。女主人展示她娘家的全家福照片，共有十八個孩子，驚的我們瞠目結舌，無言以對。極端正統派反對一切現代化電器產品，譬如電腦、電視、電影等，卻不排斥電燈和電冰箱。男主人不從事任何世俗職業，只專心研讀猶太經典。我們問男主人如何生存過活，他美其名曰一切以家庭至上，寧可犧牲其他物質享受，譬如，渡假旅行、音樂欣賞、看電視等等，只全心投資養育孩子。導遊事後告訴我們，極端正統派的家庭由於孩子眾多，生活貧困，一般都仰賴政府的福利津貼。

在以色列，極端正統派享有政治投票權，卻免服國民兵役，因為他們認為軍隊的世俗環境會污染神聖的學習。眾所周知，以色列舉國皆兵，女性也無例外，身強體壯的極端正統派男女，卻得以豁免，簡直不可思議。

旅遊以色列的最大收穫，就是拜訪以前我聞所未聞的各種宗教，譬如，阿赫邁底亞教（Ahmadiyya）、德魯茲教（Druze）和巴哈伊教（Bahai）。這些教都是從伊斯蘭教發展出來，

以色列全國皆兵，女性也不例外，平時也武器重裝備於身。

以色列海法市内巴哈伊世界中心的階梯花園，美輪美奐。

被傳統伊斯蘭教視為異端，屢遭阿拉伯國家的鎮壓和迫害，在以色列卻得以自由傳播。

巴哈伊教舊稱大同教。據說，早期清華大學校長曹雲祥翻譯巴哈伊教經典時，認為其主張與中國儒家思想的「世界大同」理想相通，故稱為「大同教」。巴哈伊教在以色列的海法市（Haifa）設有巴哈伊世界中心，為該教靈性中心和行政總部。該中心在古聖山迦密山（Carmel），面對蔚藍地中海的山坡上，蓋有一座美輪美奐的階梯花園。海法市是以色列在地中海岸的大港口和工業城，以色列人慣稱：「海法人工作，耶路撒冷人祈禱。」工業城內有如此靈性幽雅的花園，彷彿沙漠裡的珍珠，非常可貴。

聖城耶路撒冷

耶路撒冷是世界三大宗教聖地：自從所羅門王蓋第一聖殿後，耶路撒冷就成為猶太教的信仰中心和最神聖城市；同時，基督耶穌在耶路撒冷受難、埋葬、復活、升天，也被基督教視為聖城；根據《可蘭經》記述，伊斯蘭教的先知穆罕默德飛馬夜行至耶路撒冷，登上七重天與真主會面，所以耶路撒冷也是伊斯蘭教心目中的聖城。

耶路撒冷名字的來源有各種說法，其中之一是「耶布斯」（Jebus）和「撒冷」（Salem）的結合。「耶布斯」是希伯來人佔領該城前的原住民，所羅門王老父大衛王攻打耶布斯人，佔領其地後，成立「以色列聯合王國」；「撒冷」是和平之意，我們旅遊阿拉伯地區時，見人就招呼「撒冷」。所以耶路撒冷含有和平之意，諷刺的是，該城卻是歷史上最血腥和暴力不斷的城市，總共被摧毀了二次，圍城二十三次，攻擊五十二次，淪陷又收復四十四次，幾乎是戰亂不停。

古城的街道彎曲狹窄，教堂處處，歷史古蹟無數，無需多述。特別值得提的是，代表猶太教的西牆（或稱哭牆）（Western Wall）、基督教的聖墓大教堂（Church of the Holy Sepulcher）和伊斯蘭教的岩石圓頂清真寺（Dome of the Rock）。

猶太人念念不忘千年前的聖殿，縱使聖殿已毀只剩牆面，也不時來牆前頂禮膜拜。西牆其實是當時第二聖殿地基的擋土牆，我好奇問導遊，聖殿留下的擋土牆不只一面，猶太人為什麼只看重這面西牆？原來，西牆是最接近聖殿內放置法櫃之處，稱之為「至聖所」（Holy of Holies），法櫃是珍藏猶太教至高無上聖典的櫃子。導遊說，每年在祭典時，猶太教唯一的最高祭司才准許步入「至聖所」，打開法櫃檢視聖典。由於考慮祭司可能不幸跌倒或昏倒，無人准許進入聖殿施救，所以事前都在祭司腰際上繫一根長繩聯通外界，緊急時可以把祭司拖出。聽起來似乎頗為可笑，卻也顯示聖殿在猶太人心目中的神聖不可侵犯。

西牆有四百多公尺長，一般人只見露在外面的六十公尺部分牆面，其餘牆面隱沒於兩側建築物中。但是，貼著西牆面的地底下，其實有長達四百八十五公尺的隧道，是十九世紀考古時發現的。現今，猶太人在西牆隧道裡，設有神聖的禱告室，因為這裡才是最靠近「至聖所」的西牆點。

基督教的聖墓大教堂

基督教的聖墓大教堂概括了三處神聖地點：耶穌當年被釘上十字架，在各各他山（Calvary）豎起十字架，和最後抬下十字架埋葬於洞窟內。西元三世紀，羅馬的君士坦丁大帝（Constantine the Great）皈依基督教後，指派母親海倫娜（Helena）尋訪聖跡，在此興建了紀念耶穌的大教堂。

教堂受毀重建數次，在伊斯蘭教與十字軍戰爭的數百年間，教堂掌管權在兩教之間數度易手。不僅如此，基督教內不同教派，也在教堂內各據一方。現今，希臘東正教佔有一部分，羅馬天主教的方濟會也佔一部分，科普特正教、亞美尼亞使徒教、衣索匹亞正教和敘利亞正教，也都各佔一小部分。各派有各自的祭祀儀式和日期，得互相協調使用。更有趣的是，掌管教堂大門鑰匙者為伊斯蘭教教徒，守衛和看門者又是另一伊斯蘭教家族。一座基督教堂如此複雜管理使用，世界獨一無二，時有衝突，在所難免。原本是宣揚和平的宗教信仰中心，卻變成爭鬥之源，誰能料到？

歷史上，三教不斷搶奪耶路撒冷。西元一八五三年，統治該地的鄂圖曼帝國蘇丹，為了避免佔有者蓄意破壞其他教的神聖建築，引發更多報復和戰爭，訂定所有聖地內的教堂建築必須「維持現狀（Status Quo）」，不准改變或移動任何物件。結果，聖墓大教堂二樓窗外的一座木梯，在此協議下，也被限制移動。那座木梯就待在原地百數年，未曾移動過，也算是世界奇觀之一吧？

圓頂清真寺

伊斯蘭教的岩石圓頂清真寺也是極端爭議之處。岩石圓頂清真寺建於西元七世紀，寺內地面有一塊巨石，伊斯蘭教徒篤信那是先知穆罕默德夜行至耶路撒冷，登上七重天聆聽真主啟示的石塊。可是，猶太教認為巨石是亞伯拉罕當年犧牲愛兒以撒，預備獻給上帝的祭祀台，稱為「聖殿山」（Temple Mount）。同時，也是原猶太教聖殿的「至聖所」地點。石頭對兩教都具神聖意義，千年來，兩教爭執不休，衝突迭起。

如今，清真寺戒備深嚴，警衛荷槍實彈守衛，禁止猶太人和基督徒進入，只有住在耶路撒冷，具備以色列國籍的巴勒斯坦居民才准自由進入。我們未有准許證，只能遠觀不得近臨。圓頂在陽光下，金光閃爍，耀眼炫麗，據說，圓形穹頂上覆蓋的，乃純金金箔，是約旦國王於一九九三年出資裝修的。耶路撒冷古城一片土灰色的，有此金色圓頂，確實增色不少。

耶路撒冷的伊斯蘭教岩石圓頂清真寺，金頂閃爍，耀眼炫麗。

科羅拉多高原奇景自駕遊

美國科羅拉多高原（Colorado Plateau）覆蓋了四州：猶他州、科羅拉多州、新墨西哥州和亞利桑那州，是美國唯一的沙漠高原。科羅拉多河流經高原，切割沖蝕高山峻嶺，雕琢斧鑿出許多奇山異景。外子一直嚮往該地，未退休前，即與幾位朋友相約，自行駕車，深入探索旅遊。

美國國家公園幅員廣大，自行駕車旅遊，不僅靈活方便，還能欣賞到一般人看不到的奇特景觀。一退休，外子就像出籠小鳥，即日打包上路，兩輛迷你旅遊車，一前一後，浩浩蕩蕩出發。

科羅拉多高原是沙漠地，氣候乾燥，不宜夏季旅遊，夏天不僅氣溫高，而且陽光強烈，從無植被的岩石反射回來，感覺猶如火爐般的高溫難熬，因此，春、秋季節旅遊較為適宜。

這次為期九天的駕車自助旅遊，我們一共拜訪了錫安公園（Zion National Park）、大峽谷北崖（Grand Canyon North Rim）、馬蹄灣（Horseshoe Bend）、羚羊谷（Antelope Canyon）、紀念碑谷地（Monument Valley）、峽谷地國家公園（Canyonland National Park）、拱門國家公園（Arch National Park）和胡佛水壩（Hoover Dam）。

錫安公園　美如畫布

錫安國家公園是一處位於峽谷的風景區，如果只在峽谷觀賞高聳彩石巨山，不過感覺山勢雄偉壯麗，望之彌高而已；徒步登高俯覽峽谷，則另有一番景色，可欣賞到不同彩石山層層疊疊，綠樹叢叢點綴，谷底小路迂迴曲折，美景難述。我們進出公園兩整天遊賞，兩者兼得，非常盡興。

「錫安」源自於《摩門教聖經》提及的「和平之地」，此字原為希伯來語，是一處位於以色列耶路撒冷「聖殿山」（Temple Mount）的地名，我們曾經拜訪過，後來引申為「聖殿」或「聖地」之義。

錫安公園的地質因含有九種不同億萬年的沉積岩層，隆起山脈被維琴河（Virgin River）經年累月沖刷切割，暴露出五彩繽紛岩層，加上自然界鬼斧神工的雕琢，整個公園彷彿就是神造的聖殿，絕對名副其實。

我們進園後，循規矩先將車停在訪客中心停車場，停車場遼闊，萬車排列，最好能記清附近標誌，否則回頭難尋。然後，轉搭公園內的旅遊專車，在峽谷風景走廊，欣賞拍照五彩繽紛的雄峻山勢。同時，選擇當地最有名的「仙女下凡」登山步道（Angel Landing Trail）上山。該步道相當險峻，爬高一四八八英呎，來回路程共五英哩多，估計約四小時以上，所以我們在一開始腿力有勁，精神飽滿時，先登此山路。

我們一路曲折上爬，沿途奇山巨石林立，與谷底景色大異其趣。其實山路舖設非常良好並不難行，唯抵達峰頂前，有一小段岩石陡坡險峻難爬，有懼高症者甚至得手腳並用，不過，若省去冒險，也並不減少美景的觀賞。

到達峰頂前的岩石陡坡，我與大多數遊客為伍，駐足野餐，欣賞附近美景，等候外子冒險去登頂。在山上，我俯瞰峽谷，見彩色岩石山群，層層環繞，平坦峽谷草原上，一道扁平巨大石片憑空拔起，像屏風般橫亙於群山峻嶺間，蔚為奇觀。若非登上山，絕對欣賞不到如此奇景。

下山後，我們直奔位於風景走廊底的維琴河畔步道（Virgin Riverside Walk）。維琴河在該處穿越狹窄垂直聳立的陡峭石壁，蜿蜒曲流，景緻奇特。當時河水水位低淺，准許遊客往上游隘口涉行。我也穿上涉水鞋，一踏入河床，頓覺河水冰涼透心，無法久持，立即回頭上岸。河岸風景，有山有水，景色如畫，沿途有幾位畫家在岸邊作畫，可見一斑。

隔日，我們再訪公園，這次登坡度較緩的「守夜者」登山步道（Watchman Trail），爬高只有三百六十八英呎，來回三英哩多，約需二小時，沿途風景優美。輕易登上山頂後，環顧四周，五彩繽紛、層次分明的山峰，層層疊疊，綠樹叢叢點綴於紅色山上，枯樹扭曲糾結，配上藍天白雲，畫面構圖簡直完美無缺，宛若畫家筆下刻意安排的人工佈景，驚豔之餘，大夥都直呼美景虛幻的太不真實了。

最後，我們從錫安卡梅爾山高速公路（Zion-Mount Carmel Highway）離開公園。車子一出隧道，即刻找停車位，登上路邊的「山谷俯瞰」登山步道（Canyon Overlook Trail），最後一次回顧錫安峽谷的全景。然後沿途停靠觀賞公路邊的棋盤山等美景，心滿意足地離開錫安公園。

錫安公園內餐飲服務有限，最好自備午餐，既省時又省事，不至於飢餓過度、體力不繼。我們都是在進公園前的小鎮，事先買三明治，攜帶進園當午餐。

大峽谷北崖　以奇取勝

大峽谷國家公園的壯觀勝景人人盡知，無需贅述。一般人都是去拜訪南崖，我們以往數度探訪大峽谷公園，也只是在南崖觀賞，主要是圖交通方便；北崖路遙，拜訪人少。公園兩崖，北高於南，南崖景觀是一塚塚突起的尖岩，壯觀以量取勝；北崖則是直上直下的岩壁，壯觀以奇取勝。

此次我們不遠千里開車前往北崖，恰逢秋葉變色，公路兩旁一片豔黃，美的讓人窒息，無奈公路狹窄無路肩，不宜停車拍照，只好用雙眼盡情觀賞，把美景映入腦海中。

上　錫安公園「仙女下凡」登山步道俯瞰峽谷，一道天然扁平屏風橫亙群山峻嶺間。
下　大峽谷北崖的壯觀景色。

我們到達公園時，已是午後，由於時間有限，請公園管理員推薦美而短的步道景區，管理員推薦了一小時的「明亮天使點」步道（Bright Angel Point Trail）。其時，人煙稀少，夕陽西下，山氣氤氳，我們漫步於平緩的步道，完全融入這片寧靜大地美景，想起陶淵明的詩：「山氣日夕佳，飛鳥相與還，此中有真意，欲辯已忘言。」最能描繪當時的心境。

園內住宿難求，天未黑前我們即開車離開公園，到附近城鎮住宿。路上暮色蒼茫，野生動物紛紛出現草原覓食，我們意外看到了長耳鹿、野火雞、草原狼等，成了此次旅遊的額外加分點。

馬蹄灣和羚羊谷　景致絕美

馬蹄灣和羚羊谷兩景區都在亞利桑那州的佩吉鎮（Page）附近，靠近鮑威爾湖（Lake Powell）。科羅拉多河蓋了格倫峽谷水壩（Glen Canyon Dam）後，上游蓄水，成了鮑威爾人工湖，馬蹄灣就在鮑威爾湖的格倫峽谷大壩下游。至於羚羊谷，並不在科羅拉多河上，而是鮑威爾湖附近一條狹窄岩石裂縫，上游發生暴洪時，夾雜砂石的快速水流衝入隙縫中，沖蝕雕琢隙縫，形成難得一見的奇景。

我們一早到羚羊谷買票，十年前我們曾來此地參觀，驚豔於其奇特美景，此次再度帶朋友來重遊。沒想到如今遊客如織，購票隊伍大排長龍，還不能隨購隨入，只是預購當日某時刻入谷參觀的門票。為了有效利用時間，我們訂購下午的門票，隨即開車去拜訪馬蹄灣，回頭再來參觀。

馬蹄灣不需排隊也不收門票，步行半英哩即可觀賞到奇景。科羅拉多河在此轉了一個一百八十度的大灣，在紅色砂岩斧鑿雕刻出猶如馬蹄形腳印的奇特景觀。我們在岩崖上方，往垂直懸崖下，觀賞這自然界印出的巨大馬蹄形腳印。崖下藍綠河水，靜靜流繞紅色光滑圓石，沒有激流也沒有水波，水靜如鏡，石圓光潤，兩者祥和溫柔的相伴，簡直是自然界最完美的靜態水流，也是上天用巨石和水流畫下的完美句點。我凝視奇景良久，不忍離去，直到羚羊谷參觀的時間將屆，才依依不捨離開。

羚羊谷有兩部分：「上羚羊谷」（Upper Antelope Canyon）和「下羚羊谷」（Lower Antelope Canyon），分別屬印地安一個家庭的兩個姐弟所有，財務各自獨立，因此必需分別買票。「上羚羊谷」在「下羚羊谷」的上游，因此而名。另外，「上羚羊谷」在地面上，而「下羚羊谷」則是在地面之下。

羚羊谷內整個山壁，經砂石混雜的暴洪沖蝕，雕琢成無數美麗的波浪水紋，陽光從窄谷頂上照下來，映出黃、橘、紅、紫層層絢爛色彩，配上波紋的黑色陰影，五彩波浪猶如天神揮舞大彩筆留下的彩色畫痕，堪稱是世界上獨一無二的自然美景。我在排隊入谷時，與前面隊友聊天，發現他們竟是遠從蘇俄慕名而來的訪客，可見此地美名之遠播。

「上羚羊谷」在每日某個適當時間，陽光恰好從峽谷上方的小洞斜射下來，猶如電影外星人從太空艙射下的一束光束，此畫面已成攝影師偏好的攝影題材。因此，「上羚羊谷」特別保留一個時段，供專業攝影師拍照。拍照時，遊客止步暫停，讓攝影師們慢慢調光取景，票價另議。我們一般遊客，則是摩肩接踵，擁擠不堪，除非往上取景拍攝，難以取得無人跡的影像。幸好，谷內自然景觀絕美，隨便拍攝都能獲得讓人驚豔無比的彩影。

「下羚羊谷」比「上羚羊谷」更狹窄，路段曲折多變，常需側身才能擠過，經常有「山窮水盡疑無路，柳暗花明又一村」峰迴路轉的意外驚喜。兩崖壁雕琢出來的形象，有的如美女飄揚的長長秀髮，有的像印地安酋長側影，千變萬化，唯妙唯肖，趣味無窮。

兩處狹谷各約需一小時的觀賞時間，每位訪客都想久待、久留、拍照，無奈導遊頻頻催促前移，否則後面等待的隊伍更是無盡無時。谷內的絕美景致，絕對讓人回味無窮，終身難忘。

紀念碑谷地　鬼斧神工

紀念碑谷地是一個由砂岩形成的巨型孤峰群區，位於亞利桑那州和猶他州交界處，靠近美國四州交界的所謂「四角落」（Four Corners）附近，也是屬於印地安納瓦荷族保留區。

①	②
③	

① 羚羊谷兩壁猶若神筆揮撒的彩色畫痕，此處壁面彷彿是美女飄揚的長長秀髮。
② 紀念碑谷地的孤峰巨岩群。
③ 老天畫下的完美句點，馬蹄灣美景。

谷地內矗立著一撮撮零星分散的孤峰群，我們開車沿著碎石路慢慢觀賞，有的孤峰形似四指合併的幼兒手套、有的如三姐妹並肩聊天、有的像匍匐的大駱駝、有的宛若長鼻大耳的大象、有的猶如感恩節餐桌上的烤火雞、還有的像蠟燭頂上的火燄，唯妙唯肖，十分壯觀有趣。

該保留區內設有印地安博物館，展示二次大戰期間，美軍在太平洋戰爭時，利用印地安納瓦荷語，發展軍事密碼，最終獲勝的戰爭歷史。一批訓練有素的印地安軍人，在美軍部隊間，用納瓦荷語祕密傳遞軍事機密，對太平洋戰爭的勝利，貢獻極大。這些印地安密碼專家，是各部隊極力保護的對象，不僅保護其生，還要保護其死，以防他們被敵人活擒，密碼破解。大明星尼可拉斯凱吉（Nicolas Cage）在二〇〇二年曾主演一部好萊塢影片《獵風行動》（Windtalkers），即描繪此故事，非常感人。

峽谷地公園　構圖唯美

峽谷地國家公園位於猶他州的摩耶鎮（Moab）附近，科羅拉多河及其支流侵蝕砂岩高地，在此形成無數的峽谷、臺地、及孤峰等地貌，景色雖沒大峽谷巍峨壯觀，卻因谷地低淺，一眼即能看清大片色彩鮮明的各式切割地形，是難得一見的美麗景觀。

公園內有一處著名的梅薩天然拱門（Mesa Arch），是攝影師們搶拍日出影像的最愛地點。

我們也不免俗，清晨天剛破曉，即摸黑開車疾馳入公園，趕上太陽緩緩從地面升起。當時拱門前已聚集了一大群等待拍攝的攝影師，我從萬頭鑽動的縫隙間，勉強伸出我的小照相機，拍攝下幾幅日出美景。

拱門的內緣，被紅色旭陽映照成硃紅框架，峽谷起伏山勢和奇形怪石景色，恰好崁在紅框拱門的洞內，構圖唯美。當日是中秋節隔日的大滿月，我轉身拍攝西天落月，紅岩山、彩紫霞、大明月，也是一幅美景。

公園內有兩條河流：科羅拉多河和格林河（Green River）分別切割高地，我們從高地俯瞰谷地，彎曲蜿蜒的綠色河流，層次分明的彩色孤峰和山脈，切割的地層美景盡收眼底，忍不住讚嘆大自然的鬼斧神工。

拱門公園　探險生趣

拱門國家公園就在峽谷地國家公園鄰近，旅遊時可以兩者一起拜訪。拱門國家公園的景色非常多樣，有些景點在馬路邊即可看到，獨特的景色則需步行一段距離才可得。我們在拱門國家公園內，總共待了兩天。據說，拱門國家公園共有二千座天然岩石拱門，我們只拜訪了十數個。

園內最北端的「魔鬼花園」登山步道（Devils Garden Trail）有數個拱門：「山洞拱門」（Tunnel Arch），門洞的厚度較深，看上去彷彿是短山洞，因之為名。「松樹拱門」（Pine Tree Arch），則恰好有一株松樹長在洞口而名之。「景觀拱門」（Landscape Arch）是世界上最長的天然拱門，洞距約二百九十英呎。一九九一年曾有遊客目睹一大塊砂岩板，從景觀拱門的最細部分掉落下來，目前拱門看起來也似乎岌岌可危，所以這座最長的拱門不知還能支撐多久。從「景觀拱門」處，還能遠眺高高在上一大一小洞的「屏風拱門」（Partition Arch）。

上述幾個拱門，離登山步道的起點都不遠，山路平緩，輕易可達。不過，若要近看「屏風拱門」，則需爬一段山路，從高處的「屏風拱門」洞口俯瞰谷底景色，風景絕佳，值得嘗試。

「雙洞拱門」（Double O Arch）在「魔鬼花園」登山步道底，需跋涉一段長路，有些岩石坡，攀爬稍費點力，沿途各式各樣奇形怪狀石頭，景色美妙獨特，非常罕見。我們原本誤以為「屏風拱門」就是「雙洞拱門」，抵達該地才發現「雙洞拱門」其實是雙孔上下排列的正八字形，非常獨特稀奇，與兩洞平排的「屏風拱門」完全不同。

在另一短程步道上，可輕易看到「角樓拱門」（Turret Arch），拱門邊的岩石，狀如砲塔的角樓而名之；「窗戶拱門」（Window Arch）則是一大塊平板巨岩像開了兩扇窗子似的拱門，然而，我從某個角度望去，覺得更像老鷹伸展雙翅；「雙拱門」（Double Arch）則是兩個拱門垂直相套，是難得一見的奇景。在該步道上，還有狀似一群大大小小象群漫步的石頭群，趣味十足。

最有名的「精緻拱門」（Delicate Arch），需走一段長坡步道才能抵達，但不難走。公園內其實另有觀景點，可以遠遠眺望「精緻拱門」，但絕對沒有近觀感覺的雄偉震撼。「精緻拱門」是猶他州牌照上的標誌，可見其珍貴獨特。「精緻拱門」的兩拱腳底處，恰好都有一圈縫隙，讓拱門看上去彷彿是人為擺上臺基的藝術成品，饒為有趣。

公園內除了各式各樣拱門，還有許多奇形怪狀的岩石，譬如「平衡石」、「三人聊天石」、「風琴石」等，十分有趣。

另外，較為冒險刺激的是「炙熱火爐」（Fiery Furnace），是一群各式各樣奇形怪石密密麻麻堆積的奇特地區。進入該區需先在訪客中心申請許可，因為區裡沒有地圖也無明顯步道，得靠探險者自己銳利眼光，找尋不顯眼的小箭頭指標，加上精準判斷找出步道進出。

公園每日雖有管理員特定帶隊探險時段，但申請者眾，而且只接受本人現場排隊預訂，我們排隊時已預訂到三天之後，所以只好自己嘗試冒險。我們因人多勢眾，可以集思廣益互助，安全無慮。其實公園為防意外，發給每個探險隊停車證，如果車子在專屬停車場超時未離開，管理員會假設探險者出事，採取適當措施。

我們一開始時，未進入狀況，迷途茫茫，四處找路，費九牛二虎之力才回到有箭頭標示的路線。區內有些路線根本無踏腳處，難以判斷是否步道，有時需跨跳大石塊，有時需擠身鑽隙縫，千變萬化，走走尋尋，趣味無窮。

雖意猶未盡，為了不給公園管理員添加麻煩，時刻一到，我們就轉身往回途走，事後談起，仍回味無窮。該處所以稱「炙熱火爐」，是因為一根根像煙囪般的石柱群，在夕陽下映出如火燒般的炙紅，非常稀奇獨特。

拱門公園內完全無餐飲服務，飲水供應系統也有限，自行準備餐點和足夠瓶裝水，是必要的安全措施。

胡佛水壩　新穎特殊

胡佛水壩對我和外子而言，是數度舊地重遊。然而，二〇一〇年大壩邊新蓋了一座跨越科羅拉多河的拱橋，施工技術，新穎特殊，值得我們再度拜訪。

胡佛水壩是在一九三一年美國大蕭條時期，胡佛總統修建的鋼筋混凝土水壩，為當時蕭條失業的社會，提供了許多就業機會。一九三六年竣工後，是美國最大的水壩，也是當時世界最大的鋼筋混凝土結構和發電設施。

①	
②	③
④	

①拱門國家公園的「景觀拱門」是世界最長的天然拱門。）
②拱門國家公園的「雙拱門」是罕見的兩拱門垂直相套。）
③「精緻拱門」是拱門國家公園內最有名的天然拱門，也是猶他州的牌照標誌。）
④拱門國家公園「炙熱火爐」石頭群，像極一根根大煙囪。）

拜新科技之賜，近期蓋的拱橋，透過精密計算建置預鑄鋼骨，分別從科羅拉多河兩岸慢慢移向中心，最後在中點密合，設計施工之精密，歎為觀止。從新建的拱橋上，俯瞰胡佛大壩和米德湖（Lake Mead），另有一番景趣。

拜訪胡佛水壩後，我們在拉斯維加斯飽餐一頓，隨即打道回府。

後記

此次自助遊，盡興而歸。忍不住讚嘆，美國的自然景觀，獨特美妙多樣，世界上無一個國家可以匹敵。美國的國名果然不虛其名，是個「美」麗的國家。我們有幸居住於此，能盡情享受，無限福氣啊！

人算不如天算

在《三國演義》第一百零三回，諸葛亮處心積慮，絞盡腦汁，設計引誘司馬懿率軍進入上方谷，準備以火攻燒斷谷口，殲滅殺之。不期，天空突然降下大雨，火不能著，功虧一簣。諸葛亮乃嘆曰：「謀事在人，成事在天。」對諸葛亮而言，確實是「人算不如天算」的遺憾；對司馬懿而言，卻是「人算不如天算」的驚喜。

我們每次出遊，老伴都處心積慮，故意設計避開當地的喜慶假日，以免人潮洶湧，徒增「只見人頭不見山頭」的掃興。豈知，有時就會碰上「人算不如天算」的懊惱；有時，卻又有「人算不如天算」的意外驚喜。

到義大利南部以及西西里島旅遊時，老伴認為西西里島夏季炎熱，春夏交接時刻出訪比較合適。又考慮週全，故意避開天主教的大節日復活節，乃選四月中旬出發。我們趁氣候溫和，先玩西西里全島，從拿坡里（Napoli），一路經卡布里（Capri）、蘇蘭多（Sorrento）、龐貝（Pompeii）等景點，然後回到羅馬。

踏遍羅馬城內所有古蹟後，最後重頭戲是梵諦岡。梵諦岡是歐洲藝術的瑰寶，當然值得多花時間細細欣賞。不料，一大早抵達梵諦岡博物館門口，竟是萬頭鑽動，人山人海，大排長龍。導遊原本信心十足，安撫我們，旅遊公司早已預買好門票，無需排隊等候。臨時卻發現，門票不知被誰拿走了。我們只好跟著導遊東走西鑽，重新排隊買票，大半時間都浪費在排隊等候上。進入博物館後，更是人群熙攘，吵雜紛亂，無法盡情欣賞。最後擠進了西斯汀禮拜堂（Cappella Sistine），原本想仔細欣賞久仰大名的米開朗基羅「最後審判」壁畫，卻也是擠得摩肩接踵，被人潮慢慢推擠前進，腳不得停，草草了事。甚至連聖彼得大教堂也是人潮洶湧，匆匆一瞥帶過。以前曾經來過梵諦岡的同行友人，直呼怪事，此次人多的不可思議。原來，我們拜訪當日是周六，前一天周五，適逢義大利的國定假日勞工節，博物館休館。我們只注意避開復活節，卻忘了歐洲的勞工節，在五月初。隔日又是周日，教堂有禮拜儀式，不開放。連著三日假期的長周末，出遊的人原本就多，加上周五和周日參觀梵諦岡的遊客，全擠到周六這一天，莫怪格外擁擠。一趟原本以為完美的義大利之旅，卻是懊惱結束，真是人算不如天算。

不過，塞翁失馬，焉知非福？

主行程結束後，我們與幾位好友結伴，另行去義大利中部的中世紀古城阿西西（Assisi）拜訪。阿西西是天主教十二世紀聖人方濟（St. Francis）的出生地。阿西西古城就座落在蘇巴修山（Monte Subasio）半山腰上，龍蟠虎踞，地勢雄偉險峻，早期羅馬人統治時期，即蓋了環繞全城的城牆、城堡、劇場、和競技場，遺留了許多古蹟可尋。今日，最吸引觀光客的，則是城內的聖方濟聖殿（Basilica di St. Fransceco d'Assisi），聖方濟的「小兄弟會」（Ordo Fratrum Minorum）在全世界傳播甚廣，阿西西城是小兄弟會的聖城。小兄弟會的教義與佛教頗為類似，講求無欲，生活簡易，維護自然，和諧奉獻。其實，小兄弟會真正有紀念性質的神聖教堂，是在山腳下，城外四公里處的「天使之后聖殿」（Basilica of Saint Mary of the Angels）內的「寶尊堂」（Porciuncula）。寶尊堂是大教堂內的小教堂，當年聖方濟在小教堂內，成立小兄弟會，廣傳全世界。十六世紀，擴大加蓋聖殿時，為保護古蹟，把小教堂包在大教堂內。大教堂包小教堂，獨樹一幟，世界少見。

我們抵達阿西西古城後，馬不停蹄，拜訪各處古蹟，旅遊拍照，不亦樂乎！最後一日，旅館老闆特別提醒我們，當晚務必在八點天黑以前回到旅館，否則就要等到三更半夜才能回房。老闆只叮嚀我們早歸，卻無法用英文詳細解釋原委，讓人丈二金剛摸不著頭腦。為求究竟，我上網查看。原來，當日正是阿西西城傳統的「五月狂歡節」（Calendimaggio）。「Calendi」是義大利文「日子」的意思，「Maggio」是「五月」，就是在五月慶祝春天的狂歡節，一共慶祝三日。我們在當地的最後一日，正是狂歡節的開始，誤打誤撞，竟讓我們處身於刻意迴避節慶的大節日中。當然，既來之，則安之。

狂歡節其實是源自於十四世紀，阿西西上城和下城兩大家族的怨隙械鬥。義大利許多中古世紀古城，都有家族間的世仇械鬥。莎士比亞劇中的《羅密歐與茱麗葉》就是最佳例子，羅密歐是義大利北部維洛那城（Verona）的蒙泰古（Montage）家族繼承人；茱麗葉則是城內凱普雷（Capulet）家族的女孩，兩大家族世代結仇，造成了兩個年輕人的愛情悲劇。阿西西也是如此，上城的那比士（Nepis）家族與下城的菲攸弭（Fiumi）家族，世代仇恨械鬥不斷。直到十六世紀，城內教皇省長，不斷斡旋轉圜，終於化兩大家族仇隙為競技比賽，乃有今日的藝術競賽慶典。

白日，我們在阿西西城中的大廣場，觀賞上城和下城的居民，使出渾身解數，交替表演各項競技：鼓樂隊擊鼓耍棒行軍，氣勢高昂，震耳欲聾，整齊震撼；喜劇表演，誇張搞笑，滑稽有趣；詩歌合唱，和諧安樂，悅耳動聽。重要的是，表演者都穿著中古世紀服裝，男士們或緊身褲加披肩的武士裝，或長衫寬袖的貴族裝；女士們則長群拖地，鬢髮繽紛，爭奇鬥艷，美不勝收。我們穿梭於窄巷曲弄之間，碰到的儘是中古世紀的居民，恍若時光倒流。

節慶不僅有白日的技藝競賽，入夜後，還有中古世紀的街坊裝潢比賽。今夜，正是上城中古世紀的街景裝潢評審夜；明夜，則是下城的評審夜。評審夜裡，任何沒穿中古世紀服飾的人，都禁止在街頭遊盪。上城的街頭巷尾，許多年輕人正忙著用各式裝飾物，或者樹枝、或者布條，遮掩二十世紀的現代街燈和商店霓虹燈，看得我們也跟著亢奮起來。大夥討論如何參與這項有趣活動，有人建議借用旅館床單，包裹自己成修女或修士，出旅館一探究竟。告訴旅館老闆我們的意圖，義大利老闆詭譎一笑，閉嘴不語。我猜，義大利人重視穿著，我們這些傻蛋

阿西西五月慶典的中古世紀古裝秀。

阿西西上城入夜後，上城中古世紀街道裝潢比賽廣場，燭火飄搖。

竟異想天開，意圖用拙劣手段隨便穿戴，蒙混過關，他定然覺得不可思議。再問，何處可以租到服裝，也是聳肩搖頭不知，讓我們束手無策。

天色漸暗，我們心存僥倖，故意在旅館外附近遊盪，希望天黑無人注意，可以混水摸魚，逗留街頭，偷窺究竟。無奈，一位年輕人禮貌近身，婉言勸導一個個離開，否則會拖累他們比賽扣分。既是如此，怎好耍賴？乖乖回旅館藏身。

我心有未甘，躲在朋友靠街的二樓房間視窗，熄燈靜觀樓下街景。只見窄窄街頭，蠋火晃動，長衣鬼影憧憧，完全是中古世紀的街景。突然，一位身著緊身褲的武士敲門上樓，禮貌請求旅館未臨街的內室把電燈熄滅，或者拉上厚布窗簾遮光。原來，有人在浴室盥洗，燈光外洩。這項中古世紀的街景比賽，非同小可，一點馬虎不得。

午夜，一大群中古世紀年輕人，在窗外街道，瘋狂高歌舞蹈，原來評審已結束，眾人飲酒狂歡慶祝。我趁機溜出旅館大門，到古教堂前的比賽廣場窺探。廣場前人去跡消，石板街面，寂靜無聲，街道兩旁暗淡燭火，搖曳飄浮。偶爾，三三兩兩的長衣古人，飄然走過而逝。我環顧四周，如夢如幻，這真是中古世紀的深夜古城啊！我仰望天空，繁星點點，人算不如天算，太感恩這段意外的驚喜了！

意外驚喜，不只一樁。回程飛機，中途在德國杜塞道夫（Dusseldorf）換機，必須過夜，我和老伴住一夜旅館，趁機觀光該市。次日清晨，周日，隨意散步觀賞舊城區，一座十二世紀的老教堂裡，一位小喇叭手與風琴手，在教堂禮拜開始之前，練習吹奏海頓有名的小喇叭協奏曲。該曲雖耳熟能詳，卻從未親臨演奏會聆賞過。小喇叭手似乎是專業演奏者，熟稔專精，空曠的大教堂，小喇叭聲清晰嘹亮，節奏高吭柔美，我們坐著聽完全曲，意猶未盡。若非恰逢週日的禮拜堂，哪能不費一分一文地聽到如此美妙的演奏？禮拜開始之後，又再重複免費聽一次。

此次旅遊，驚喜多於遺憾，夫復何求？人生太美妙了！

拜訪阿西西之後，回到南加州。不久，參加洛杉磯市慶祝二百三十四歲誕辰的健走活動，意外發現洛杉磯市之名，竟還與阿西西有一段歷史淵源。十八世紀，西班牙移民從墨西哥長途跋涉，一七六九年到達南加州的聖費南多山谷（San Fernando Valley），其中一位聖方濟小兄弟會的修道僧，看到一條美麗河流，就名之為「洛杉磯河」。之後，移民陸陸續續定居河畔，發展成今日的洛杉磯市。其實，河的原名是極長的西班牙文，翻譯成英文是「寶尊堂天使之后河」（The River of Our Lady Queen of the Angels of Porciuncula），以後簡稱為「天使河」或「洛杉磯河」。之所以會稱「寶尊堂天使之后河」，因為修道僧看到河的當日，正是八月二日，乃寶尊堂的大赦日（Feast of Our Lady of the Angels of the Porciuncula），那是聖方濟在一二一六年請求教皇批准，凡是當日到寶尊堂告解恕罪的教徒，都賜予大赦。我非教徒，對天主教所知不多，然而，對自己住所附近的歷史，頗感興趣。發現這段小歷史，竟與剛旅遊過的義大利阿西西城相關，驚喜萬分，又添一件意外之喜！

一方水土一方猴

朋友送來猴年的賀年函，讓我想起我們旅遊世界各國時，與各國猴子交集的經驗。走遍這麼多國家，早已深深體驗到，每個國家各有自己的習俗文化，不同國家的人，長相不僅不同，連氣質也不盡相同。譬如，一般來說，美國人粗獷自傲、英國人矜持拘謹、法國人自由浪漫、德國人冷靜理智、義大利人比手劃腳……等等，俗諺：「一方水土養一方人」，不足為怪。有趣的是，各個國家的猴子，也有不同的氣質。不知是猴子受了當地環境的影響，還是受了人類的影響而不同？

我旅遊英國本土時，沒見過猴子，但在英國海外領土的直布羅陀（Gilbratar），則遇到了一群「潑猴」。直布羅陀位於西班牙半島南端，緊鄰西班牙，曾是西班牙領土，由於險要扼住地中海和大西洋通道的咽喉，戰略地理位置重要。十八世紀，西班牙與英國戰爭失敗後，被迫割讓給英國。聽說英國皇家海軍駐紮時，直布羅陀的獼猴受海軍士兵的呵護，因為英國士兵們相信，只要獼猴存在一天，直布羅陀就會屬於英國。有一度，直布羅陀的獼猴數量減少，英國人還急著從非洲進口獼猴，以確保該迷信能永遠承傳下去。

登上直布羅陀最高頂的公園之前，當地警衛即警告我們不要手提任何袋子，因為獮猴會搶奪，尤其是麥當勞紙袋或紙盒，務必要收藏妥當。一位女士未聽到警告，掉以輕心，果然，我們一跨出登山的電梯門，她手上的麥當勞餐點，就被一隻獮猴迅雷般一把搶走，然後快速飛奔逃開，嚇得女士驚聲尖叫，卻也莫可奈何。隔一會，又是一陣尖叫驚呼，原來又有人照相機的背袋，被一隻獮猴跳上，快速拉開拉鍊，搶奪包內的照相機零件，獮猴放入嘴中品嚐後，發現不可食，隨即丟棄，讓人又氣又惱。獮猴其實並非無食物可食，當地管理員每日定時餵養，公園幾處定點堆滿了蔬菜果實，供獮猴隨時取用。獮猴的搶奪行為，讓人百思不解，到底是頑皮本性？還是模仿人類？英國人在國內雖講究紳士風度，在海外，尤其十八世紀初期，卻是橫行霸道，肆意掠奪，直布羅陀正是英國與西班牙你搶我奪的關鍵之地，獮猴是否從這些古代人類的搶奪行為中，模仿學得此術？

直布羅陀的獮猴棕毛紅臉無尾，一點都不怕人，我因此得以近距離仔細觀察牠們。幾隻胖胖大肚皮的猴爸爸，懶洋洋躺在樹蔭下，一隻胳臂遮額，翹腿瞇眼打盹，理都不理我，像極了人類懶爸爸的模樣。猴寶寶則黑毛大耳，跟我在平劇裡看到的孫悟空造型一模一樣，只不過額頭上少了一頂緊箍圈。猴寶寶緊挨著媽媽懷裡，雙眼骨碌碌盯著我瞧，猴媽媽摟著寶貝，東顧西盼，一會兒幫寶貝梳毛，一會兒幫抓蝨子，兩手忙個不停，典型慈愛媽媽的形象。兩隻調皮小猴崽在媽媽身旁，攀著小樹枝晃來晃去，互相追逐翻滾，又蹦又跳。突然，一隻猴崽不小心重重摔下，四腳朝天，吱吱亂叫，另一隻知道自己闖禍了，馬上停下來，眼睛瞧著媽媽，媽媽回頭就一巴掌打下，小猴崽表情無辜，搔著頭靜下來。然而，沒隔一會兒，兩個又開始打鬧起來。這兩隻頑皮小猴兒，怎麼跟我幼時的兩個哥哥一模一樣？一刻鐘也靜不下來，打鬧嘻笑不斷，有趣極了！

旅行到大陸四川峨嵋山時，則碰到了「流氓猴」。我們一行人拜過峨嵋山的金頂佛寺後，見山勢重巒疊嶂，古木參天，景色秀麗，乃選擇徒步下山。沿途偶見幾隻山猴，在樹間攀躍嬉鬧，我們饒有趣味地遠觀，也不去招惹，覺得野趣十足，心曠神怡。豈知，走到一木橋時，遠遠見到一年輕單身女孩，被一隻大猴擋住路，猴子霸道地站在橋中央，齜牙列嘴，呼呼亂叫，嚇唬女孩。男導遊見狀，立即從路邊撿起樹枝備戰，老伴也準備用登山杖幫忙，流氓猴見兩個大男人有備而來，乃識趣地一溜煙逃走。導遊事後解釋，峨嵋山猴，體大兇猛，而且懂得專挑弱小婦孺欺侮，「精的像猴」，逗得我們大笑。峨嵋山乃佛教名山，峨嵋山猴日日聽寺廟誦經唸佛，竟未受佛感化？反而耍流氓逞兇，豈不怪哉？

拜訪中美洲的哥斯達黎加（Costa Rica）時，我們看到了長毛吼猴（Howler Monkey）。哥斯達黎加的領土百分之四十覆蓋著原始森林，是野生動物的天堂。每日清晨，無需鬧鐘，就會被各式各樣的鳥鳴和動物的叫聲吵醒。一日清晨，除了悅耳的鶯啼燕語外，還有像野豬般的吼聲，由遠而近。我躺在床上跟老伴說，不知我們住的旅館是否安全，若附近有野豬，可不是鬧著玩的！吃早飯時，見到導遊，我重述我的憂慮，導遊笑著告訴我，那吼聲不是野豬，是當地的特產「吼猴」。果然，走回旅館時，猛然看到屋頂上坐著一隻金毛大猴，嘴角下扯，臉色嚴肅，完全不像一般猴子的機靈調皮。看著看著，牠突然張口大吼，嘴巴張成宛若男高音吟唱的嘴形，腹腔不停震動，聲音雄厚，傳播千里，真是大開眼界！李白有一首〈下江陵〉詩：「朝辭白帝彩雲間，千里江陵一日還。兩岸猿聲啼不住，輕舟已過萬重山。」猿聲從高山傳到江上舟船，應是千里傳音，只是不知李白大詩人聽到的「猿啼」與這「猴吼」是否相似？其實，聽說猿啼似哭似號，聞之惹人傷心落淚。唐朝詩人劉長卿就有如是描述：「猿啼客散暮江頭，人自傷心水自流。」哥斯達黎加的「猴吼」一點都不悲悽，倒是讓人心驚膽跳。

哥斯達黎加還有另一種體形較小，黑毛黑臉的「蜘蛛猴」（Spider Monkey），手腳靈活俐落，雙手雙腳可以攀著不同樹枝，大字張開，狀似蜘蛛，非常有趣！蜘蛛猴的尾巴強壯有力，可以像蛇般繞著樹枝，全身由尾巴吊掛著倒立，空出來的雙手，不僅方便抓摘樹上的果子，還可以雙手捧著果實猛啃，那尾巴彷彿就是猴子的第五隻手腳，厲害極了！直布羅陀的獼猴沒尾巴，哥斯達黎加的蜘蛛猴則多了一條有用的尾巴，一方水土養一方「猴」？

印度的猴兒更是奇妙。印度野生的猴種眾多，我們看到的，就有棕毛紅臉的獼猴（Rhesus Macaques）和灰毛黑臉的長尾葉猴（Gray Languor），顏色差異極大。印度人容忍動物，猴子懸掛跳躍樹梢之間，甚至任意攀爬古蹟，都不理不睬，因此處處可見猴群。旅遊印度時，我們在新德里總統府（Rashtrapati Bhavan）前觀賞衛兵交接儀式，程式隆重繁雜，樂隊先演奏軍樂，接著騎兵隊舉著國旗神氣活現輕騎入場，最後戴著扇形紅頭巾的守衛士兵正步行進檢閱，轟轟烈烈。正在觀賞時，突然一陣騷動，一大群近百隻猴子從廣場邊的一株大樹上爬下，攀登越過總統府前的鐵欄杆門，遷移到廣場另一邊大樹。猴隊浩浩蕩蕩，旁邊守衛眼睜睜看著猴群走過，只是默不作聲。我在旁觀賞，一邊是樂隊軍隊整齊步伐行進，嚴肅隆重；一邊是猴群攜家帶小拖拖拉拉，搔首跑跳，情景搞笑，惹得我差點失聲大笑。這就是被寵壞的印度猴子！

印度猴子有時也像哲學家。我們登訪蘭桑普堡（Ranthanbore Fort）時，看到一大群猴子，對我們不理不睬，排排靜坐在古堡牆垣上，全部面向夕陽，看著山巒雲騰霧繞，七彩晚霞滿天，似乎沉醉於夕陽西下的美麗景色中，頗有靈性。待我們回程時，太陽已落山，同樣一群猴子，這時全轉過面，好奇地盯著我們走過。我當時想，牠們是否在品頭論足我們這些人類？是否想，這些人怎麼跟當地的印度人不一樣？或者，哪來的醜人，破壞了大好自然美景，太殺風景了！印度的猴子跟印度人一樣，和平容忍，不搶不奪，印度文化飽含哲理，猴兒是否也受其影響，懂得靜坐思考哲理？

更有趣的是，印度人崇拜的猴神「哈奴曼」（Hanuman），與中國的孫悟空頗為類似。哈奴曼猴臉人身，與咱孫悟空猴都是技藝高超，神通廣大，見義勇為，巧計無數。我懷疑《西遊記》裡的孫悟空一角，其實是從印度傳入的。回來查網路，果然，胡適與我心有戚戚焉，在他著的《西遊記考證》裡，也懷疑「齊天大聖」就是「哈奴曼」的翻版。

猴子與人類同屬「靈長目」，不僅長相類似，行為動作也頗為相近，在我眼裡，猴子根本就是人類的縮影。只是，在不同土地上，看到猴子不同的行為，一直無法確定，是「一方水土養一方猴」呢？還是猴兒模仿人類而有不同行為？或者，兩者皆有？

朋友說，猴年來臨，取「猴（福）急（吉）」諧音，祝猴年福吉，這倒是個猴（好）主意！

哥斯達黎加吼猴，長相嚴肅，吼聲傳千里。

印度長尾葉猴，排排靜坐觀賞夕陽，像哲學家。

人類逐步走向死亡嗎？

常常，朋友群中亂傳網路謠言，傳到我這見不得眾人被愚弄的管家婆處，我就會不厭其煩地回郵澄清事情真偽。可能因為如此，二〇一二年年初，一位朋友特別轉來一封電郵，敘述瑪雅曆的預言，世界即將於十二月二十一日結束，中間還穿插許多似是而非的科學論證，言之鑿鑿，似乎並非村夫村婦的胡亂迷信。朋友憂心忡忡問我，是否真實？我看後哈哈大笑，從網路上找了一些反證據駁斥，然後告訴朋友別杞人憂天，盡情享受人生吧！屆時多吃點冬至湯圓，補補身子，最後，再加個大笑臉送回。

世界末日當天，我和外子遠在中美洲的熱帶雨林區，享受溫暖的冬至，大啖五星級旅館的「包肥」餐，同行的遊客們狂歡舉杯，互相恭賀大夥劫後餘生，大難不死，一邊捉邪地猛眨眼睛。

然後，渡船深入雨林區，夜宿別墅小屋，屋內沒電視、沒電話，體驗道道地地的大自然寧靜。豈知，大自然並非無聲無息。傍晚大雨傾盆，小屋四周，種滿熱帶植物，不乏芭蕉葉。我徘徊小屋迴廊下，傾聽草蟲鳴叫，雨打芭蕉聲，浸浴於詩人白居易〈夜雨〉的詩情畫意：「早蛩啼複歇，殘燈滅又明。隔窗知夜雨，芭蕉先有聲。」那懶散的芭蕉夜雨聲，惹人昏昏欲睡，我自以為身處天堂，盡情享受。

熱帶雨林的大雨，與我認識的傾盆大雨，大異其趣。老遠，即聽到一陣怪異的鼓譟音，由遠而近，慢慢橫掃過來。我第一次聽到，以為是飛機臨近，不以為意，等大雨往頭頂傾盆灑下，全身落湯濕透，才頓悟，熱帶雨林，哪來的飛機？真是名副其實的「醍醐灌頂」！

深夜，大雨仍不停，躺在床上，聽不到雨打芭蕉聲，也不是「卻因一夜芭蕉雨，疑是岩前瀑布聲。」而是密集的滴滴答答，大雨點敲擊屋頂鐵皮的嘩啦啦巨響，持續不斷，一夜不停。隔日早晨，導遊也承認，帶團一輩子，從未見過如此大雨，持續如此長久。導遊先前還說，熱帶雨林現在是由雨季轉入乾季的轉換期，怎麼比雨季時期下的雨還嚇人？全球氣候似乎變得愈來愈怪異。

我住的奧克拉荷馬州，今年乾旱無比。反常氣候，讓此地的媒體，檢討回憶往日奧克拉荷馬州的氣象歷史。原來，奧克拉荷馬州居民曾因乾旱氣候，有過歷史上的人口大遷徙，遷出的人口佔了全州人口的百分之十五。當時遷往加州的人潮，不輸更早有名的加州掏黃金人潮。遷徙人潮走的路線，就是美國歷史上有名的交通要道，六六號公路。

事件追溯到三〇年代初期，奧克拉荷馬西部原本乾旱的草原，開始轉變氣候，連續幾年雨量豐沛，農民歡欣無比，以為當地的沙漠型氣候改變了。於是，一窩蜂大力墾荒，勤種小麥。二次世界大戰前後，小麥價格年年漲，奧克拉荷馬當地小麥年年豐收，造就無數富翁。農夫們個個扳指打如意算盤，再種幾年小麥，再加買幾畝地，然後買幾棟房子，分給幾個子女等等。於是，大草原被開墾的無涯無際，豐收時的金黃麥田，隨風飄搖，沙沙草聲浪，撫慰多少辛勤耕耘的奧州農夫。

豈知，沒幾年氣候又回復乾旱，乾風颳起，過度開發的土壤，土質鬆軟，大風捲起的沙塵掩蓋白日，昏天暗地。報上和電視上刊登的當年「沙塵暴」照片，與近年引全世界注目的阿富汗境內的「沙塵暴」一模一樣。阿富汗是沙漠地區，寸草不生，我今日居住的奧克拉荷馬州，青蔥翠綠，鶯啼燕語，怎麼可能有沙塵暴？若非親眼目睹當年報章雜誌刊登的真實照片，簡直難以相信，這是曾經發生於奧克拉荷馬州的事實。照片裡，人人蒙面，與阿富汗當地居民的穿著大同小異，沙塵滾滾逼近，驚濤駭浪，頗為嚇人。這就是美國歷史上有名的「黑色風暴」（Dust Bowl）。

之後，奧克拉荷馬州年年沙塵暴，愈來愈嚴重，居民得呼吸道疾病者，比比皆是。出生嬰兒死亡率居高不下，牲畜也紛紛死亡。人類總自以為萬能，人定勝天。奧州農夫擅長使用機器耕耘機，乾旱草原在他們的辛勤耕耘下，翻土施肥，土質變得又軟又鬆，若天降甘霖，大地終將回報以豐收。豈知，事實卻相反，辛勤耕稼，卻引來大災難。奧州的農夫，哪懂得土地已過度開發，違反了自然！黑色風暴發生後，老實忠厚的奧州農夫，以為自己激怒了上蒼，甘願受苦受難，夜夜祈禱，只期望災難早早離去。農夫們頻頻懇求上蒼饒恕，卻不知錯在何處？辛勤耕耘何有罪？他們哪能理解自己其實是自食其果？

接著，經濟大蕭條，失業率居高不下，農夫又無法耕種，奧州居民只好棄田遷往加州，以廉價勞工幫忙種植葡萄維持生計。奧州居民講英文有濃厚南方口音，加州人聽不習慣，稱之「奧州佬」（Okie）。我初到此地時，也適應了一段長時間，才能聽懂「奧州佬」講的英文。這段奧州佬遷徙加州的歷史，還曾經被作家約翰・史坦貝克（John Steinbeck）寫進小說《憤怒的葡萄》（The Grapes of Wrath）裡，該小說在一九四〇年獲得普立茲小說獎。之後，史坦貝克的另一作品還榮獲得了諾貝爾文學獎。

最後，嚴重的沙塵暴吹到華盛頓首府，沙塵甚至遠抵到大西洋岸邊的紐約市。羅斯福總統初上臺，開始重視這項嚴重問題。華盛頓的農墾專家，終於看出癥結所在，大舉收購棄置的農田，強制百姓停耕，改種當地以往就有的野生植被，貼錢鼓勵農民不種小麥。幾十年的努力，加上開發抽取地下水灌溉，奧州西部環境慢慢恢復原狀，才挽救了美國中西部轉變成沙漠荒地的命運。

在熱帶雨林觀光區，導遊解釋，早期一位野生動物學家，勸導當地居民發展觀光，居民後來發現發展觀光確實比捕魚種田，更能改善生活。於是，居民們竭力保護野生動物，吸引觀光客。我們就是一群城市鄉巴佬，沒見過美洲野鬣蜥、樹懶、野猴、大嘴鳥、野鸚鵡等，老遠跑來窺看照相，傾聽芭蕉夜雨聲，享受熱帶雨林天堂。若非這些罕見的野生動物，誰會來這貧窮

① ②
③

① 中美洲哥斯達黎加野生白鼻浣熊長著高高翹起的長尾。
② 中美洲哥斯達黎加的野生白喉僧帽猴。
③ 棲息在大樹上的中美洲野生鬣蜥。

的荒郊野外度假？人類的確需要懂得與其他動物和植物共存共生。

如今，全世界拼經濟，工業發展，如火如荼，人類大肆砍伐森林，開墾荒地，摧毀自然。我這樂天的管家婆，也不禁開始憂慮，人類是否一步步走向死亡，猶不自知？奧州過去的氣象歷史，與今日全球的怪異氣候變遷，或多或少相似，讓我不寒而慄！

古人的塗鴉

我在福州住了兩個月，四處探訪名勝古蹟，讓我印象最深刻的，是福州名勝景區內的古人塗鴉。當然，那些古人塗鴉，不似今日紐約街頭那些惹人厭的亂塗亂畫，也不似升斗小民在景區刻了歪歪扭扭「某人某年某月某日到此一遊」的粗俗留念，而是揮毫詠詩詠詞的摩崖題刻。

遊訪時，我懵懵懂懂地，只知欣賞題刻的書法藝術，不懂字裡行間意義。其實，有些字我根本無法識讀，尤其是篆書和草書，我絕對是外行。不過，我有小聰明，加之現代科技進步，電子照相機拍照不費一分一毫，所以我都當場照相存檔，回來再細細研究。一研究，不得了，學問深矣！

福州的開發，大概始於秦朝，秦始皇曾派秦軍屯戍閩越。到了西晉末年，五胡亂華，北人開始南遷，即所謂的「衣冠南渡，八姓入閩」。想想看，晉朝士族，峨冠博帶，衣冠楚楚，南渡入閩的，恐怕都是學問淵博的有識之士吧？然後，唐朝末年，安史之亂，黃巢擾民，北人南遷更多。河南英雄王審知開始在福州築城，創立閩王國，被冊封為閩王後，福州進入了五代十國的建設時期。王審知在福州城東南的于山蓋了一座白塔，其子在福州城西南的烏山蓋了烏塔，福州至今仍存有此二塔，古樸美觀，一直是福州城的標誌。北宋，靖康之難，宋室南撤，福州在政治和經濟上再度獲得充分發展。南宋末期，趙氏皇族還曾將祖宗御像安置於福州市的開元寺，視該寺為趙氏宗廟和皇家寺院。福州在宋朝的繁榮與興盛，可見一斑。因此，我在福州看到的古人塗鴉，以宋朝時期居多，後來的元、明、清次之。

烏山的摩崖題刻

烏山最有名的，應該是唐宋八大家之一曾鞏寫的〈道山亭記〉，「道山」就是「烏山」。北宋（一〇六八年）福州太守程師孟，登烏山覽勝，認為烏山景色可以比美道家的蓬萊、方丈、瀛洲等地，遂改「烏山」為「道山」，並請曾鞏寫了一篇留世千古的〈道山亭記〉。程師孟是造福民祉的賢官，他在烏山各處考證題字，立了三十六個奇景。烏山上就留有許多他的墨跡，聽說「道山亭」、「天章台」等篆書題刻，就是他的手跡。

「道山亭」因為有〈道山亭記〉，遠近馳名，後代文人雅士爭相來此宴集飲酒，吟詩作樂。「道山亭」邊就有數塊巨石，刻了好幾首至正年間的詩。至正（一三四一至一三七〇）是元朝的年號，其中一首：「追陪偶上道山亭，疊嶂層巒繞郡青。子迪。萬井人家鋪地錦，九衢樓閣畫幃屏。元卿。波搖海月添詩興，座引天風吹酒醒。本初。久立危欄頻北望，無邊秋色杳冥冥。文卿。」我讀的莫名其妙，回來研究一番，原來是名字叫子迪、元卿、本初、文卿等四人的聯詩，好一個宴集飲酒的詩會！烏山有了摩崖題刻，不僅是景勝，還增添了風雅。

宋朝大儒朱熹也曾數次來福州，他拜訪過福州的西湖和于山，有詩〈遊西湖〉和〈寄題廓然台〉為證，「廓然台」就在于山之上。烏山如此勝景，朱熹當然不會錯過。烏山有朱熹的楷書題刻「清隱」兩字，落款「晦翁」。「晦翁」是朱熹晚年自稱，他當年受政敵韓侂胄排斥，學說被視為偽學遭禁，被罷官後「清隱」。我若未仔細研究福州摩崖題刻，還不知「晦翁」就是鼎鼎大名的朱熹。聽說，他在烏山的觀音岩上，還題刻了一個字徑三米多的大楷書「福」字。不過，這個岩刻在文革期間被毀，福州政府後來在烏山「福字坪」景區，根據朱熹手跡，新刻了一個「福」字，不是古蹟，算是仿古吧！

烏山的摩崖題刻，已讓我讚賞不已，我以為這足夠驚豔了，豈知，後來到鼓山一遊，發現那兒才是更大的寶山，包括了更多名人的題刻，琳瑯滿目，讓我留連忘返。

大喝一聲止住流水

鼓山在福州東郊，山腰有一座著名古剎「湧泉寺」。吾家老爺陪我遊完鼓山的鼓嶺景區後，帶我到湧泉寺門口，告訴我，先前他已由同事陪同拜訪過湧泉寺，沒啥看頭，不過一潭污泉，還收門票，要我自己進去拍照，一個鐘頭後門口見。沒想到，我一頭栽進去，久久出不來。

我走遍湧泉寺後，看到寺旁有一石砌拱門，通往幽徑密林處，上書「靈源深處」，一時好奇，就循著階梯走入，沒多時，發現一個「靈源洞」。原來，這兒才是宋朝文人的「靈源」之所，滿山滿谷的題刻岩石，從山谷堆疊到山頂，我猶如進入寶山寶庫，驚喜萬分，不知從何著手。

靈源洞後面的石壁上，宋朝進士施元長在嘉祐六年（一〇六一年）題刻了「喝水巖」三字，岩下的溪澗卻乾涸無水，喝啥水？我一時無法理解，當時忙著欣賞崖刻書法藝術，也不作多想。在驚嘆題刻字美之餘，就猛按照相機，四處拍照。

回來細細研究那些照片中的題刻詩句，才發現原來故事一籮筐，而且趣味十足。後梁開平年間（九〇八至九一一年），當時稱「國師館」的湧泉寺住持神晏法師，一日在此誦經，被洞下澗水的嘩喇喇水聲干擾，便大喝一聲，流水就止住了，從此，澗水改道，原來的溪澗也就乾涸了。所以「喝水巖」的此「喝」非彼「喝」，一個無水，一個有水，意義完全不同，中國字太微妙了。

據說，先前閩王王審知特地到雪峰寺，邀請該寺的開山祖師，義存法師來鼓山開創湧泉寺。義存當時事忙走不開，就推薦自己的得意弟子神晏去，還對眾僧說：「一支聖箭，直射九重城去了。」因此，湧泉寺的方丈室又稱「聖箭堂」。神晏法師的確不凡，一聲大喝，就止住了水流，神功蓋世。

這個神奇傳說，有當地一塊石刻佐證。宋朝徐錫之在理宗淳祐九年（一二四九年）題刻了《題喝水巖》：「重巒復嶺鎖松關，只欠泉聲入座間。我若當年侍師側，不教喝水過他山。」認為此處重巒疊嶂，不可無水，當年要是他在，就會勸法師不要讓溪水改道，用反意評說歷史的傳說，饒有趣味。

北宋蔡襄，字君謨，是與蘇軾、黃庭堅、米芾並列為「宋四家」的大書法家之一，曾任福州知事，在此處也有題刻。他的「邵去華、蘇才翁、郭世濟、蔡君謨慶曆丙戌秋八日遊靈源洞」的二十四字楷書，平正方直，嚴正質樸，聽說是靈源洞最早的題刻（一〇四六年）。他也應神晏法師在靈源洞岩石上坐禪誦經的傳說，題刻了「國師岩」三個字，字體有三米高，比人還高，大書法家的風格，確實不同凡響。

喝水巖的傳說故事，文人墨客看法和領悟層出不窮，見仁見智，附近就有許多各朝各代的題詠石刻，此處已成了跨越時空的評說論壇。有的認為法師既有喝退水流的法力，怎會受區區溪水的潺流聲所困擾？有的則表支持，法師誦經乃梵天正音，水流世俗聲為雜音，正音喝止雜音，理所當然。我當時不知此典故，只是不停拍照，事後看照片裡的題刻詩句，越讀越有趣。

①
② ③

① 鼓山靈源洞附近滿山滿谷的古人題刻，壯觀風雅。

② 烏山上的四人聯詩摩崖題刻。

③ 靈源洞旁朱熹的楷書大「壽」字。

清順治年間，佛門弟子苕水閔也在此題了一段話：「自性本空，緣何有水？大地山河，緣何喝得？點滴也難消，何況潺潺雪？祖師揑怪來，千季流倒歇。咄！太行有路六月寒，壯士無情三尺鐵。這春光難漏洩，蛟官鼉鼓齊噤聲，愁殺天魔不敢說。」自性本空？禪理太高深莫測了，這首詩對我這凡夫俗子而言，猶如六祖慧能的詩於我：「菩提本無樹，明鏡亦非台。本來無一物，何處惹塵埃。」佛理一切皆「空」皆「無」，實在難以領悟。

清康熙年間的沈宗還題上了「無水亦佳」石刻，意圖妥協有山無水的美景憾事，似乎有點鄉愿了。

此處除了這則有趣的佛理辯論題刻，還有許多其他頌景抒情的詩詞。靈源洞旁的大岩石上，有一個大「壽」字，高四米餘，寬三米，乃朱熹的手跡。朱熹在烏山的「福」字不幸被破壞，此處的「壽」字則保存良好，落款仍是「晦翁」，幸甚！幸甚！

我循著山徑階梯再深入山中，一路峋嶙怪石堆疊，全都刻滿了題刻，聽說總共有二百多段。時間上從北宋，下迄清朝甚至當代，延續了近千年，字體包括隸、行、草、楷俱全，被譽為「福州碑林」絕不為過。不僅僅是沿途石壁，連山谷底的石壁，也有佛語題刻和一幅老者讀書的漫畫石刻，維妙維肖。

我一路觀賞拍照，一壁一壁欣賞，不覺天色已暗。老爺子見我久未現身，惟恐我迷路，不斷電話追蹤，我只好草草結束，迅速奔回寺廟口，卻一直覺得意猶未盡。

福州鼓山的摩崖題刻，絕對是中華文化的寶庫，珍貴無比，我能意外置身其境，與古人共賞共樂，令我感恩。

語言文學類　PG2119　北美華文作家系列28

播種者：
鍾一萍文集

作　　者／鍾一萍
責任編輯／鄭夏華
圖文排版／莊皓云
封面設計／楊廣榕

發 行 人／宋政坤
法律顧問／毛國樑　律師
出版發行／秀威資訊科技股份有限公司
114台北市內湖區瑞光路76巷65號1樓
電話：+886-2-2796-3638　傳真：+886-2-2796-1377
http://www.showwe.com.tw
劃撥帳號／19563868　戶名：秀威資訊科技股份有限公司
讀者服務信箱：service@showwe.com.tw
展售門市／國家書店（松江門市）
104台北市中山區松江路209號1樓
電話：+886-2-2518-0207　傳真：+886-2-2518-0778
網路訂購／秀威網路書店：https://store.showwe.tw
國家網路書店：https://www.govbooks.com.tw

2018年12月　BOD一版
定價：360元

國家圖書館出版品預行編目

播種者：鍾一萍文集 / 鍾一萍著. -- 一版. --
臺北市：秀威資訊科技, 2018.12
面；　公分. -- (語言文學類；PG2119)(北美華文作家系列；28)
BOD版
ISBN 978-986-326-640-2(平裝)

855　　107020258

讀者回函卡

感謝您購買本書，為提升服務品質，請填妥以下資料，將讀者回函卡直接寄回或傳真本公司，收到您的寶貴意見後，我們會收藏記錄及檢討，謝謝！

如您需要了解本公司最新出版書目、購書優惠或企劃活動，歡迎您上網查詢或下載相關資料：http:// www.showwe.com.tw

您購買的書名：________________________________

出生日期：________年________月________日

學歷：□高中（含）以下　□大專　□研究所（含）以上

職業：□製造業　□金融業　□資訊業　□軍警　□傳播業　□自由業

□服務業　□公務員　□教職　□學生　□家管　□其它______

購書地點：□網路書店　□實體書店　□書展　□郵購　□贈閱　□其他

您從何得知本書的消息？

□網路書店　□實體書店　□網路搜尋　□電子報　□書訊　□雜誌

□傳播媒體　□親友推薦　□網站推薦　□部落格　□其他__________

您對本書的評價：（請填代號　1.非常滿意　2.滿意　3.尚可　4.再改進）

封面設計____　版面編排____　內容____　文／譯筆____　價格____

讀完書後您覺得：

□很有收穫　□有收穫　□收穫不多　□沒收穫

對我們的建議：________________________________

____

____

____

請貼
郵票

11466
台北市內湖區瑞光路 76 巷 65 號 1 樓
秀威資訊科技股份有限公司 收
BOD 數位出版事業部

（請沿線對折寄回，謝謝！）

姓　名：________ 年齡：____ 性別：□女 □男

郵遞區號：□□□□□

地　址：________

聯絡電話：(日) ________ (夜) ________

E-mail：________